HISTOIRES VRAIES

Tome IV

Pierre Bellemare est né en 1929.
Dès l'âge de dix-huit ans, son beau-frère Pierre Hiegel lui ayant communiqué la passion de la radio, il travaille comme assistant à des programmes destinés à R.T.L.
Désirant bien maîtriser la technique, il se consacre ensuite à l'enregistrement et à la prise de son, puis à la mise en ondes.
C'est Jacques Antoine qui lui donne sa chance en 1955 avec l'émission Vous êtes formidables.
Parallèlement, André Gillois lui confie l'émission Télé-Match.
A partir de ce moment, les émissions vont se succéder, tant à la radio qu'à la télévision.
Pierre Bellemare ayant le souci d'apparaître dans des genres différents, rappelons pour mémoire :
Dans le domaine des jeux : La tête et les jambes, Pas une seconde à perdre, Déjeuner Show, Le Sisco, Le Tricolore, Pièces à conviction, Les Paris de TF 1, La Grande Corbeille.
Dans le domaine journalistique : 10 millions d'auditeurs, *à R.T.L.;* Il y a sûrement quelque chose à faire, *sur Europe 1;* Vous pouvez compter sur nous, *sur TF 1 et Europe 1.*
Les variétés avec : Plein feux, *sur la première chaîne.*
Interviews avec : Témoins, *sur la deuxième chaîne.*
Les émissions où il est conteur, et c'est peut-être le genre qu'il préfère : C'est arrivé un jour, *puis* Suspens *sur TF 1, sur Europe 1* Les Dossiers extraordinaires, Les Dossiers d'Interpol, Dossiers secrets *et* Histoires vraies.

Jacques Antoine est né le 14 mars 1924 à Paris, fils d'André-Paul Antoine, auteur dramatique, et petit-fils d'André Antoine, fondateur du Théâtre-Libre.
Animateur depuis 1949 de sociétés de production de programmes de radio et de télévision, et directeur des programmes de Télé-Monte-Carlo, Jacques Antoine est, avant tout, un créateur. Il est donc impossible d'énumérer les programmes dont il est l'inventeur, seul ou en collaboration. Trois genres. Les jeux :

(Suite au verso.)

de *La tête et les jambes* au *Schmilblic,* du *Tirlipot* à *La bourse aux idées,* du *Tiercé de la chanson* à *Seul contre tous, Les Incollables, La Course autour du Monde,* le *Francophonissime, La chasse aux trésors,* etc. Les émissions d'un style très personnel et n'entrant dans aucune catégorie définie, comme *Le Club des rescapés, Monsieur B, court toujours, C.Q.F.D., Vous êtes formidables, Il y a sûrement quelque chose à faire, Vous pouvez compter sur nous...*

Enfin, les émissions qui requièrent les qualités d'un écrivain : soit pour des feuilletons à un personnage *(Peter Gay, Les tyrans sont parmi vous, Paola Pazzi),* soit destinées à un conteur tel que Pierre Bellemare (*Histoires vraies, Les Contes du pot de terre contre le pot de fer, Les Dossiers extraordinaires, Les Aventuriers, Les Nouveaux Dossiers extraordinaires, Les Dossiers d'Interpol, Dossiers Secrets* sur Europe 1).

PIERRE BELLEMARE
JACQUES ANTOINE

Histoires vraies

Tome IV

ÉDITION N° 1

ŒUVRES DE JACQUES ANTOINE
et PIERRE BELLEMARE

Dans le Livre de Poche :

LES DOSSIERS EXTRAORDINAIRES
DE PIERRE BELLEMARE.
LES NOUVEAUX DOSSIERS EXTRAORDINAIRES
DE PIERRE BELLEMARE.
LES DOSSIERS D'INTERPOL, tome I.
LES DOSSIERS D'INTERPOL, tome II.
LES DOSSIERS D'INTERPOL, tome III.
LES DOSSIERS D'INTERPOL, tome IV.
LES DOSSIERS D'INTERPOL, tome V.
LES AVENTURIERS.
LES AVENTURIERS
(nouvelle série).
C'EST ARRIVÉ UN JOUR, tome I.
C'EST ARRIVÉ UN JOUR, tome II.
C'EST ARRIVÉ UN JOUR, tome III.
HISTOIRES VRAIES, tome I.
HISTOIRES VRAIES, tome II.
HISTOIRES VRAIES, tome III.

LES YEUX DE L'AMOUR

L'HOMME est bien visible, sous la lune. Jeanne, malgré sa laideur et ses trente-cinq ans, s'arrête pétrifiée sur la route et n'ose plus bouger. Elle a l'impression que cet homme est vivant et qu'il guette dans la nuit.

La pauvre demoiselle, emmitouflée dans son manteau de ratine noir, appelle d'une voix blanche :

« Monsieur, vous voulez quelque chose ? »

L'homme se met à quatre pattes, penche la tête dans sa direction et répond par un grognement. Jeanne, qui ne sait si cet homme est ivre ou blessé, s'approche. Aussitôt, comme s'il écoutait attentivement son pas, il tourne, vers elle, une oreille et se laisse tomber sur la route.

Jeanne pense que l'homme est peut-être aveugle.

« Vous ne voyez plus ? Vous souffrez ? »

Jeanne comprend qu'il ne peut pas répondre, à cause du sang peut-être qu'il a plein le visage, plein les cheveux, plein la bouche.

« Venez, je vais vous aider. »

Elle se penche sur lui et le touche aux épaules. Alors, il se passe pour Jeanne une chose extraordinaire. C'est la première fois que cela lui arrive. L'homme lui tend les bras...

Pierre Ziegler, fils d'un fabricant de confitures, rue du Temple à Paris, prétendit jusqu'en 1943 qu'il n'était pas juif. Puis, vint le moment où cette thèse fut trop difficile à défendre avec un nom juif dans le quartier juif; il dut se réfugier chez des amis dans la banlieue lyonnaise à Oullins.

Pierre Ziegler est bientôt affilié à un groupe de résistants qui s'emploient à entraver les mouvements des troupes allemandes. Lors d'un coup de main contre un garage des environs de la gare, dans le quartier de la Croix-Rousse, il est arrêté.

Après un séjour à la prison de Montluc, il est tiré de sa geôle un matin du mois d'août et chargé dans une voiture cellulaire où se trouvent sept autres prisonniers. Direction plus que certaine : l'école de Santé militaire où siège la Gestapo.

Dans cette camionnette se trouve un chef de l'armée secrète et deux de ses collaborateurs. Evadé de l'hôpital de l'Antiquaille après son arrestation, cet homme s'est fait à nouveau reprendre et doit être fusillé. Mais dans les rues de Lyon, une poignée d'hommes, conduite par la femme enceinte du chef résistant, déclenche une attaque d'une audace sans pareille dont tous les Lyonnais se souviennent.

Il y a dans les rues des agents, des miliciens et des soldats allemands, mais la chance sourit aux audacieux. En deux minutes, les prisonniers sont délivrés, les attaquants blessés sont ramassés et l'équipe se disperse. Mais les résistants ne prennent pas en charge les cinq autres captifs qui disparaissent aussitôt avec des chances inégales.

Pierre Ziegler, le plus touché, meurtri au visage, parvient pourtant à s'enfuir, quittant Lyon, dissimulé dans un camion de maraîchers à gazogène qu'il n'abandonnera qu'à Neufchâteau, dans les Vosges.

C'est alors que se produit un incident stupide, dû sans doute à son abrutissement, Pierre Ziegler, meurtri, affreusement courbatu par ce voyage, juste comme il descend et pendant l'absence du conducteur, se glisse entre un mur et le véhicule pour allumer rapidement une cigarette au foyer du gazogène. Un retour de flamme qu'il ne peut éviter en reculant lui brûle affreusement le visage.

Quelques minutes plus tard, probablement dénoncé par le conducteur, il est cerné par la police chez un pharmacien de la ville au moment où celui-ci s'apprêtait à le panser. Il se débat avec une sorte de rage désespérée et parvient une fois de plus à s'enfuir puis à quitter Neufchâteau.

Enfin, devenant aveugle, il erre à travers champs, jusqu'à sentir sous ses pieds le dos rond d'une route : c'est là, près de Linvilotte, que Jeanne va le recueillir, dans l'un de ces villages où personne ne passe jamais.

De cette histoire vraie, un film a été tiré, il y a une quinzaine d'années. Les héros en étaient Jean-Claude Brialy et Danielle Darrieux. Cela fait toute la dramatique différence, entre le film et la réalité. Car si Danielle Darrieux n'était déjà plus une jeune fille, elle était encore très belle; alors que Jeanne Moncatel est laide, sans charme et sans aucune grâce lorsqu'elle parcourt en cette nuit de 1943 une petite route de Lorraine. Il bruine depuis des jours, tout fond, tout se délaie, la terre ingurgite, s'imbibe comme le pain dans la soupe.

C'est alors que Jeanne Moncatel aperçoit un homme à quatre pattes, et comprenant qu'il est aveugle et blessé, elle s'approche jusqu'à l'avoir à ses pieds.

« Venez... Je vais vous aider. »

Alors, l'homme lui tend les bras... et prend à pleines poignées ses vêtements pour se mettre debout. Sa tête, dont on ne voit sous la clarté lunaire qu'un horrible masque brun de sang coagulé, s'appuie sur l'épaule de la demoiselle. Celle-ci, les yeux écarquillés d'horreur, lui répète :

« Venez... »

L'homme tourne une fois sur lui-même et, le bras tendu, saisit l'épaule de Jeanne pour ne plus la lâcher.

Ils marchent vers le village pendant une demi-heure. L'homme blessé aux yeux peut-être, mais certainement blessé à la mâchoire ne fait entendre que des plaintes inarticulées. Jeanne s'épuise à le soutenir.

En s'appuyant l'un sur l'autre, ils dépassent les premières maisons du village. Jeanne frappe à la porte de sa belle-sœur.

« Va vite téléphoner à Neufchâteau, au docteur Lavinet... Cet homme est blessé. Je l'emmène avec moi. »

La belle-sœur, stupéfaite, avant de se précipiter, reste quelques secondes sur le pas de la porte pour voir s'éloigner Jeanne et son blessé.

Sitôt franchie la grille d'entrée de la maison de Jeanne, il faut descendre sur de grandes pierres grossièrement taillées, ici creuses et là renflées, simplement posées. L'homme se risque pas à pas sans abandonner l'épaule de Jeanne, presque de biais, tourné vers elle, tâtant chaque marche du bout des pieds.

La maison Moncatel, trapue, porte gaillardement, à la lorraine, ses deux siècles. Depuis trois années, Jeanne y demeure seule, en aînée de la famille avec, le jour, une vieille servante.

Pour épargner de la peine au blessé dont les forces déclinent, elle renonce à suivre le chemin de gravier et passe à travers la pelouse, dans les fleurs que le malheureux piétine. Ces fleurs qu'elle a plantées elle-même pour que la sombre demeure soit moins austère, pour qu'il y ait dans sa vie un peu de couleur et l'ombre d'une gaieté.

La porte ouverte, elle abandonne quelques instants l'aveugle pour gagner à tâtons la cuisine et ouvrir le compteur électrique.

Lorsqu'elle revient, le malheureux épuisé tombe sur les genoux et reste appuyé au mur, près de la porte d'entrée. Jeanne découvre avec stupeur que c'est un jeune homme qui n'a même pas vingt-cinq ans.

Elle l'aide à se relever pour le conduire dans sa chambre la plus proche et la seule où il y ait actuellement du feu. Mais elle doit presque le porter pour les quelques pas qu'il faut faire dans le couloir. Elle l'étend avec une peine infinie tant le lit est haut, tant l'homme est lourd.

Puis elle tisonne le grand poêle de faïence, court à la cuisine chercher de l'eau chaude dans une cuvette, revient faire boire au jeune homme quelques gorgées de cette mirabelle qu'elle offre toujours et qu'elle ne boit jamais, lave avec de l'eau bouillie le visage sanglant, meurtri, qui paraît déformé par les coups. Malgré cela, son visage nettoyé, le jeune homme est aussi beau qu'elle est laide. Maintenant, près de l'homme sans connaissance, le temps passe. Jeanne attend le médecin.

Dans la vieille maison, elle n'entend que le tic-tac de la pendule, la respiration du blessé, tandis que sous la cire luisante des meubles moyenâgeux un ver fait quelquefois craquer le bois.

Depuis la mort de son père, et même avant, lorsque vieux, impotent, il fallait l'aider à sortir de son fauteuil, Jeanne a passé des heures, des soirées, pendant des semaines, des mois dans cette maison déserte à entendre de la même façon craquer les meubles, siffler le vent, ronfler le poêle, dans une solitude angoissante, affolée de son existence.

Laide avec de petites rentes : le pire destin pour une femme.

Mais maintenant ce n'est pas à cela qu'elle pense, la pauvre Jeanne, mais bien à cet homme blessé, pitoyable et mystérieux, qui surgit brutalement dans sa vie, pour quelques heures. Cet instant silencieux éclate comme une bombe dans ses pensées, dans le défilement des jours. Son regard va sans cesse des horribles blessures qui déforment tout le profil droit du blessé au profil gauche qui reste beau...

Soudain, Jeanne entend la boue gicler et ruisseler sur le lierre de la clôture. La voiture du docteur s'arrête. La grille grince, le docteur Lavinet descend le chemin à grandes enjambées pressées. Dès qu'il voit le blessé, il fronce le sourcil :

« Mais cet homme est gravement blessé ! D'où vient-il ?

– Je l'ai trouvé sur la route.

– Mais c'est de la folie ! Il fallait le conduire à l'hôpital... »

Le toubib se penche, examine rapidement le blessé :

« Ce n'est pas un accident, Jeanne. Vous ne pouvez pas garder cet homme chez vous. Ce doit être un évadé, un bandit, une espèce de terroriste. Si jamais les Allemands le découvrent ici, dans ce village, sous votre toit, dans votre chambre, sur votre lit ! Est-ce que vous vous rendez compte ? »

Oui, Jeanne se rend compte mais, avant tout, elle voudrait savoir :

« Est-ce que c'est grave ? »

Le toubib approche une lampe, ouvre sa serviette et commence son examen, avec adresse, car il est bon médecin :

« Il a la mâchoire décrochée, une plaie en plein visage, une brûlure à la hauteur des yeux qui attaque la cornée, une hémorragie aussi peut-être, qui aurait provoqué un décollement de la rétine. Faites comme vous voulez, mais moi je ne le garderais pas ici. Si je n'ai qu'un conseil à vous donner, c'est de ne pas le garder ici. »

Et le docteur s'en va sitôt qu'il a fait l'essentiel.

Jeanne regarde l'aveugle : il a vingt-cinq ans, touche presque avec sa tête, avec ses pieds, les deux extrémités du lit. Sur l'oreiller de plumes, on dirait qu'on a posé un visage de statue profanée avec, entre les paupières, le globe rond de l'œil, immobile comme s'il était peint.

« Moi, à votre place, je ne garderais pas cet homme ici »... Oui, seulement, l'homme reprend lentement ses esprits, met soudain ses mains sur ses yeux qui restent fixes, droit devant eux, et murmure inlassablement :

« Je ne vois plus, mon Dieu ! Mon Dieu, je ne vois plus !... »

...« Si je n'ai qu'un conseil à vous donner, c'est de ne pas le garder ici. »

Soit, mais que deviendra-t-il ? Cet homme qui, à

genoux sur la route, il y a quelques heures encore, lui tendait les bras...

Pendant une semaine, les médecins se succèdent dans la maison Moncatel, leur verdict est toujours le même : cécité définitive. A moins de tenter une greffe de la cornée sur l'œil gauche. Mais en ce moment, c'est la guerre.

Alors, Jeanne décide de garder Pierre Ziegler près d'elle jusqu'à sa guérison complète.

Pendant un mois, elle fait croire à Pierre que sa cécité n'est que temporaire. Mais un jour, elle trouve sa porte obstinément close : elle a beau frapper, appeler, Pierre ne répond pas.

Elle le cherche partout dans le jardin, dans la maison. Elle s'affole. En robe de chambre, les cheveux en bataille, les larmes aux yeux, elle frappe à nouveau sur cette porte à coups redoublés.

« Pierre, ne me torturez pas, dites-moi un mot, un seul mot. Il faut que je vous entende... »

La porte s'ouvre, après de longs tâtonnements de l'aveugle.

Les voilà, maintenant face à face. Il ne la voit pas, il cherche instinctivement avec la main, le visage de la jeune femme.

« Jeanne, j'ai compris, je suis fichu. Je ne verrai plus jamais. »

Jeanne est laide en robe de chambre, pâle, assez peu apprêtée. Elle s'approche, ne se met pas en face de lui comme si elle craignait d'être prise dans un imaginaire regard.

« Mais non, Pierre. D'après les médecins, ce n'est pas certain du tout; je suis même sûre qu'on pourra vous guérir. »

Pierre Ziegler laisse tomber sa tête sur l'épaule de Jeanne qu'il n'a jamais vue.

« Je ne vous crois pas.

– Si. Maintenant, on fait une opération extraordinaire. Les médecins proposent de la faire sur votre œil gauche, peut-être même sur le droit. C'est une greffe de la cornée. »

Jeanne soigne Pierre comme une mère et comme une femme. Lorsqu'il pleure, elle pleure aussi. C'est elle qui crie lorsqu'il se cogne contre les meubles. Il est aveugle, mais on dirait que c'est elle qui le suit. Même lorsqu'elle est devant lui, elle le suit. C'est extraordinaire de pouvoir à la fois précéder et suivre un homme. Elle précède l'aveugle et elle suit l'homme.

Lorsque Jeanne et Pierre sortent ensemble pour la première fois, c'est lui qui est aveugle, mais c'est elle qui ne voit personne. Elle ne voit que ses pieds, la façon dont ils se posent, l'endroit où ils se posent.

Elle le guide sans un mot, presque d'une simple pression de son bras qu'elle tient serré. Elle ne voit pas le maréchal-ferrant, son voisin qui s'arrête lorsqu'ils passent. Elle ne voit pas les gosses de l'école, gênés de voir les premiers pas d'un aveugle et qui chuchotent. Elle n'imagine même pas, ce jour-là, qu'il puisse y avoir dans la rue quelques-uns de ces paysans qu'elle salue d'ordinaire.

Tout le monde s'en aperçoit et les villageois, devant un drame aussi évident, demeurent muets d'émotion.

Parvenus à l'unique boutique du village, petite, très encombrée à cette heure-là, Pierre préfère rester dehors appuyé au mur.

Jeanne le surveille à travers la vitre et ne cesse point de se tourner vers lui tandis que l'épicière emplit son cabas et lui pose des questions plus ou moins discrètes.

« C'est vrai que c'est un parent à vous ? Comment a-t-il été blessé ? Quel âge a-t-il ? Est-ce qu'il est aveugle pour toujours ?

– Non... Non... Dès que ce sera possible, on lui fera une greffe de la cornée. »

Bientôt, chacun voit que Pierre ne peut plus se passer de Jeanne et qu'il se met à l'aimer.

Il arrive parfois que la sœur de Jeanne et le frère de Pierre soient gênés devant le spectacle étrange de l'amour naissant entre cet homme qui est beau et cette femme qui est si laide. Car Jeanne est vraiment laide. Elle n'a même pas de charme, pas d'élégance, on ne dit pas non plus en la voyant qu'elle « respire la santé ». A trente-cinq ans, elle n'a pas d'âge. Elle est insignifiante, à tous points de vue. Même ses cheveux n'ont pas de couleur et ses yeux tout petits n'ont pas d'éclat.

Mais Pierre sourit chaque fois qu'elle parle.

A sa sœur qui lui suggère :

« Pourquoi ne l'épouserais-tu pas ? »

Jeanne répond :

« Il me l'a déjà proposé, mais j'attends qu'il ait retrouvé la vue. C'est ça, le plus important. »

Les mois ont passé. La Lorraine est libérée. Jeanne a conduit Pierre à Paris. Après maintes démarches, en septembre 1946, elle a obtenu d'un grand chirurgien qu'il tente l'opération.

Dans la clinique, pendant ce temps, Jeanne attend. Soudain, le chirurgien paraît.

« Ça s'est bien passé ! Il a toutes ses chances. »

Quelques instants plus tard, le chariot traverse le couloir, l'infirmière lui fait signe d'approcher.

Elle voit Pierre inerte, encore endormi, et se met à pleurer. Tout à la fois, sans doute de chagrin et de joie.

Grâce à la petite Jeanne Moncatel, Pierre Ziegler a recouvré la vue.

Petit à petit, il a réappris à vivre. Il porte des lunettes et, bientôt, il pourra conduire une voiture. Il va bientôt gagner sa vie. C'est un bel homme que les femmes doivent certainement remarquer.

Seulement depuis trois mois Jeanne Moncatel a disparu. Dès qu'il fut question de lui retirer son bandage, Jeanne s'est envolée. Il a fait faire des recherches. Elles sont toutes restées vaines.

Pourtant la pauvre Jeanne n'est sûrement pas partie très loin, elle n'en aurait eu ni l'idée ni les moyens. Elle doit se cacher quelque part en France, dans un petit coin, un si petit coin que personne n'y pense.

Il sait pourquoi elle est partie. Mais on a beau lui dire que Jeanne était très laide, il ne peut s'imaginer qu'il aurait pour cela cessé de l'aimer.

Le 6 décembre 1946, devant la gare Saint-Lazare, le frère de Pierre rencontre Jeanne. Elle est évidemment émue de le voir et lui, évidemment très surpris. Il n'a pas besoin d'insister beaucoup pour qu'elle accepte de s'asseoir avec lui dans un café tant elle est heureuse d'avoir des nouvelles. Bien sûr, elle a su l'essentiel : que Pierre voit bien, qu'il travaille et qu'il va gagner sa vie. Elle sait aussi qu'il l'a fait rechercher. Mais cette fois ce sont des détails, les petits détails de sa vie qu'elle veut connaître.

Ils restent plus de deux heures ensemble. Le frère de Pierre lui explique combien Pierre lui reste attaché, essaie de la convaincre de le rencontrer au moins une fois. Mais Jeanne refuse farouchement.

A la fin, il s'énerve :

« Mais ayez donc le courage d'essayer ! »

Comme elle refuse toujours, il finit par s'emporter vraiment :

« Faites-vous faire une bonne permanente nom d'une pipe ! Apprenez à vous maquiller et revenez au prochain week-end. Pierre ne vous a pas oubliée. Il ne vous oubliera jamais. »

Jeanne sanglote sur son verre d'apéritif.

« D'ailleurs, Pierre m'a dit cent fois : « Moi qui « ne l'ai jamais vue, je suis sûr que je saurais la « reconnaître. »

– C'est vrai ?

– Oui il l'a dit ! Et je suis sûr que c'est vrai. Il saurait vous reconnaître. Faites-en l'expérience... »

Jeanne se tait.

« Vous venez à Paris par la gare Saint-Lazare ? Alors donnez-lui rendez-vous samedi prochain sur le quai, au portillon... Vous verrez qu'il saura vous reconnaître ! »

Le samedi suivant, il neige sur Paris. Lorsque le train pénètre sous la verrière de la gare Saint-Lazare, il fait soudain très sombre. Tout le monde se lève, les strapontins claquent et Jeanne n'ose pas quitter sa banquette. Elle est la dernière sortie. La dernière à se joindre à la cohue qui se presse sur le quai. Elle a le souffle court, les gens la bousculent. Ils ont des têtes à claques. Elle essaie de voir, tout au bout du quai, si Pierre est là. Plus elle avance, plus elle ralentit. Plus elle avance, plus elle est pâle et plus elle doit être laide.

Près du contrôleur, elle aperçoit une grande silhouette. C'est Pierre. Il porte des lunettes mais n'a pas changé.

Devant elle, marche un vieux bonhomme en imperméable, une serviette à la main. Elle tente de se dissimuler derrière lui, car elle ne sait plus ce qu'elle souhaite : être reconnue par Pierre ou ne pas l'être. Devant le portillon la foule se resserre.

Tout d'un coup, une voix s'élève, une main touche son épaule. Les yeux bleus de Pierre la regardent.

« Allons Jeanne, pourquoi te caches-tu encore ? »

Presque chaque jour, Jeanne et Pierre se revoient. Elle attend. Elle attend un signe, un mot. Mais pas de signe. Le mot ne vient pas. Ce que pense Pierre, ce que ressent Jeanne, chacun est libre de l'imaginer car personne à vrai dire n'en saura jamais rien. Personne n'osera jamais les interroger.

La seule chose qu'on sait c'est qu'ils se verront souvent, puis moins souvent, puis plus rarement, puis très rarement.

Trois ans plus tard, Pierre s'est marié, mais pas Jeanne.

UN PETIT MALIN

DANS la cellule 807 d'une prison de New York, un homme vraiment très content se laisse tomber sur sa couchette, une lettre à la main. La lettre est courte : quelques lignes qu'il relit sans arrêt chaussant et déchaussant ses lunettes.

Cet homme s'appelle Charly Harpers. Il a cinquante et un ans et une sale tête. Ce n'est pas sa faute s'il a une sale tête et personne ne lui en voudrait, mais il est condamné pour meurtre. Quand on a une sale tête et qu'on est condamné pour meurtre à perpétuité, il devient difficile d'attirer la sympathie de ses semblables.

C'est pourtant ce qui semble lui arriver, ainsi qu'en témoignent ces quelques mots que l'administration pénitentiaire vient de lui faire parvenir.

Charly Harpers, trapu, les cheveux bruns gras et rares, le nez fort, la mâchoire carrée, rechausse ses lunettes pour lire une nouvelle fois sa lettre. Quand il est entré ici, il y a vingt-trois ans à la suite d'une condamnation à la peine capitale commuée en emprisonnement à perpétuité, il n'avait pas de lunettes.

Lorsque les portes de la prison se sont refermées sur lui, à la fin de l'après-midi très chaud de l'été 1928, c'était pour ne plus jamais se rouvrir.

Mais un beau jour les autorités se sont aperçues que Charly Harpers figurait régulièrement sur le registre de bonne conduite. Son dossier fut automatiquement transmis pour révision. Quelque part, un juge se pencha sur son cas.

« Après tout, c'est par jalousie que cet homme a tué une femme », remarqua ce brave juge.

Voilà pourquoi Charly Harpers qui s'est toujours considéré comme un petit malin, vient d'apprendre qu'il est libéré.

Il neige, ce matin de février sur New York. Comme le vent souffle, les flocons tourbillonnent, donnant à la ville son plus mauvais visage : celui d'où est absent toute pitié, toute chaleur, toute humanité. Devant la prison, dans une voiture noire, un homme d'une trentaine d'années guette, le chapeau mou rabattu sur les yeux, le col de son pardessus relevé car il attend depuis longtemps et le chauffage est arrêté. Son regard bleu et glacé surveille la petite porte par où sortent les prisonniers libérés.

Pendant ce temps, dans la prison, Charly Harpers, tôt réveillé ce matin, a été prendre une douche et s'est rasé avant d'être conduit au magasin. Le garde-mites a jeté sur un comptoir : d'une main, un petit sac poussiéreux contenant les objets que Harpers avait sur lui au moment de son arrestation il y a vingt-trois ans, et de l'autre main, le costume bleu marine croisé à rayures blanches avec lequel il est entré dans la prison :

« J'ai l'impression qu'il doit être un peu démodé, remarque Charly.

— Pas qu'un peu ! a répondu en rigolant le garde-mites. Surtout le pantalon pattes d'éléphant. Aujourd'hui, on les fait très étroits. »

C'est donc dans une silhouette d'avant-guerre que le prisonnier Charly Harpers comparaît quelques instants plus tard devant le gouverneur de l'établissement, qui le reçoit, aimable et distrait.

« Charly, nous n'avons jamais eu à nous plaindre de vous. Je suis donc heureux de vous déclarer libre de quitter cette maison. »

Là-dessus, le gouverneur y va de quelques couplets sur la morale, et la réinsertion dans la société, un peu à la façon d'un maire débitant son petit boniment au jeune marié.

Maintenant, Charly sent dans la poche de sa veste son portefeuille de crocodile noir gonflé de son pécule : quelques centaines de dollars accumulés mois par mois depuis vingt-trois ans. Aux deux gardiens qui l'attendent dans le couloir, détendu, à l'aise, il demande goguenard :

« De quoi, j'ai l'air, les gars ?

– Ben, mon vieux, tu as l'air de ce que tu es : sorti d'un film de gangsters des années 30 ! »

En réalité, lorsque les deux geôliers, après l'avoir escorté jusqu'à la petite porte, le poussent dehors dans la neige qui tourbillonne, ce n'est pas des années 30 qu'émerge Charly Harpers, mais des années 20. Et tout le drame de cette histoire va venir de cette petite différence.

Dans la voiture noire, l'homme qui guettait Charly Harpers jette par la vitre la cigarette qu'il fume et remet son moteur en route. Il voit Harpers examiner la rue, le ciel tout en haut, les voitures qui passent et, frissonnant, appeler un taxi.

Avant de monter dans ce taxi, le prisonnier libéré jette un coup d'œil sur la carrosserie. En vingt-trois ans, elles ont changé les voitures. C'est avec satisfaction que les fesses de Harpers enregistrent le confort de la banquette et la souplesse de la suspension, lorsque le taxi se lance à soixante à l'heure dans la circulation démente de la grande ville.

Pas de doute, New York a bien changé depuis vingt-trois ans. La tête penchée Charly essaie de reconnaître les immeubles qui défilent. Beaucoup de nouveaux. Il ne s'y retrouve pas. Pourra-t-il seulement reconnaître la rue qu'il cherche ? Cette rue du Bronx, non loin du taudis où il est né, il y a cinquante et un ans ?

Non, il ne la reconnaît pas cette rue lorsque le taxi le dépose devant le bar *Punaise*... C'est l'endroit qu'on lui a indiqué. Il pousse la porte. Le bar *Punaise*, inondé de cette lumière moderne, ce néon glacial, est une sorte de snack fréquenté par d'étranges jeunes hommes avec des vestes longues comme des chasubles. Ces imbéciles se retournent pour regarder avec étonnement son pantalon pattes d'éléphant. Charly hausse les épaules : rien de plus bête que la mode, décidément. Et puis le barman derrière son comptoir n'a rien d'un type « au parfum ». Ou bien la boîte a changé de patron, ou on lui a refilé un tuyau crevé.

Tandis qu'il fait quelques pas sur le trottoir à la recherche d'un autre bar, la voiture noire, cent mètres en arrière, le suit lentement. Elle s'arrête discrètement lorsqu'il s'arrête et repart lorsqu'il repart.

Enfin, Charly trouve le débit de boisson qui lui convient. Ici, pas de néon et les gens, l'air calme, ne semblent pas s'intéresser à lui. Au barman il commande un scotch.

Là, assis sur un tabouret de bar, les bras croisés sur le comptoir, bien au chaud, sirotant son scotch, Charly Harpers trouve la vie belle.

Après tout, il n'a que cinquante et un ans. A cet âge la vie commence si l'on sait s'y prendre. Or Charly se range dans la catégorie des petits malins. La preuve qu'il est un petit malin c'est qu'il est là, alors qu'il aurait dû rôtir sur la chaise électrique. Il a réussi à faire croire qu'il avait tué sa femme par jalousie. Or la vérité est tout autre. Ce n'est pas par jalousie que, trois jours après leur mariage, il lui a tiré six balles de revolver dans le ventre mais parce qu'elle avait découvert un secret : son secret.

Charly Harpers en est là de ses réflexions lorsqu'un homme qui vient d'entrer dans le bar s'assoit à côté de lui. Il s'agit du mystérieux personnage qui suit Charly depuis sa sortie de prison. Mais ce dernier qui ne l'a jamais vu, s'écarte un peu pour lui laisser de la place au comptoir et dit :

« Salut !

– Salut ! » répond le mystérieux personnage arborant un large sourire et posant son chapeau mou sur ses genoux.

Après avoir commandé et bu un scotch d'une seule lampée, il s'adresse au barman :

« Un autre, s'il vous plaît. Et servez aussi monsieur. »

Devant l'air étonné de Charly, il s'explique :

« Si, si, acceptez. Cela me fait plaisir. Je m'appelle Arthur Clifford... J'ai fait une bonne affaire aujourd'hui et j'aime bien partager mon plaisir.

– Moi, c'est Charly Harpers. »

Tout en buvant, Charly pense qu'il a décidément de la chance. S'il avait été seul il n'aurait sûrement pas repris un autre scotch. Il vient de voir le prix des consommations et c'est abominablement cher.

« Je peux vous demander quel est votre job ? dit-il aimablement.

– Bien sûr, répond l'inconnu. Il n'y a pas de mystère. Je suis dans l'automobile. La voiture d'occasion. Je vends des voitures d'occasion. Ce matin, j'en ai acheté une trentaine pour un prix ridicule à une compagnie de taxis. Une affaire en or. Un autre verre ?

– Pourquoi pas.

– Et vous, c'est indiscret de vous demander ce que vous faites ? »

Charly Harpers hésite quelques secondes. Mais l'inconnu malgré son regard bleu glacé a l'air sympathique : visage ouvert, souriant.

« Bon. Eh bien, puisque nous sommes dans les confidences je puis vous dire que, pour moi aussi, c'est un grand jour : je sors de prison.

– Aujourd'hui ?

– Ce matin. Il y a deux heures, j'étais encore en tôle. »

Le regard bleu de l'inconnu dévisage alors Charly Harpers comme s'il le découvrait.

« Vous voulez savoir pourquoi j'ai été condamné ? » demande Charly.

L'autre, silencieusement, secoue la tête.

« Non... »

Puis après quelques instants de réflexion :

« Non, je ne veux pas savoir pourquoi vous avez été condamné. Par contre, j'aurais peut-être un job à vous proposer, si vous n'avez rien de prévu. »

Charly Harpers fronce les sourcils. Quoi ? Il n'est libre que depuis deux heures et déjà on lui propose du travail ? Sans doute, un travail de minable : bricoler dans la voiture d'occasion pour quelques dollars par semaine. Ce n'est pas son genre.

Mais Arthur Clifford éclate de rire :

« Ne vous inquiétez pas. Je vois bien à qui j'ai à faire. Ce que je vous propose c'est un travail lucratif et digne de vous.

– Qu'est-ce que c'est ? demande Charly toujours méfiant.

– Eh bien, dans la centaine de voitures que je vends chaque mois, il y en a qui viennent des Etats voisins : Massachusetts, Maine, Pennsylvanie. Elles me sont fournies par des gars qui travaillent là-bas. Leur origine n'est pas toujours connue, si vous voyez ce que je veux dire...

– Elles sont volées, quoi !

– Pour parler cru, c'est cela. Ils doivent me fournir un contingent régulier tous les mois. Mais il faut les surveiller et veiller à la qualité. Inutile de livrer des voitures invendables. J'ai donc besoin de quelqu'un pour les coiffer.

– Et combien cela rapporte ?

– 500 dollars par mois, plus une prime pour chaque voiture. »

Cette fois, Charly Harpers reste quelques secondes pantois. Bien sûr le dollar n'est plus ce qu'il était. Mais tout de même ! 500 dollars par mois, c'est royal.

« 500 dollars par mois seraient les bienvenus, mais je ne connais rien aux voitures d'aujourd'hui.

– Je ne vous demande pas de vous occuper de la mécanique, mais seulement de la carrosserie, pour veiller à ce qu'elles aient de l'allure, c'est tout. Alors ?

– Ça m'intéresse. Il se peut que je sois votre homme.

– Bravo ! Qu'est-ce que vous faites pour déjeuner ?

– Rien de prévu.

— Alors, venez avec moi. »

Tandis que Charly s'installe confortablement dans la grosse voiture noire, Arthur se ravise soudain :

« Une seconde, vous m'attendez ? Je vais téléphoner chez Joe. »

C'est le restaurant, pour retenir une table. A cette heure-ci, il risque d'être complet.

Mais tandis que Charly Harpers avec quatre whiskies dans le gosier, la promesse d'un job pas foulant et bien payé et l'attente d'un bon déjeuner, pense que la liberté a décidément des attraits incomparables, le dénommé Arthur dont le visage est devenu méchant se contente de dire au correspondant qu'il a eu au téléphone :

« Ça marche, patron. Tout à fait comme vous voulez. Pour le moment, il est aux anges. Mais je peux faire encore mieux. Je vous appelerai, dès qu'il faudra intervenir. »

Il raccroche et son visage s'éclaircit à nouveau d'un grand sourire : il va rejoindre Charly Harpers.

Joe est le meilleur restaurant du quartier, italien comme il se doit. Après s'être offert un osso bucco magistral et une bouteille de chianti, Charly Harpers pense que décidément il a de la chance. Au lieu de s'agiter frénétiquement avant sa sortie de prison pour se trouver un travail il a su agir sagement. Il fallait se tenir au courant et voir venir. C'est ce qu'il a fait. Et il s'est conduit comme tout homme normal doit se conduire : il a commencé par aller boire un verre dans le quartier où il savait trouver les bonnes affaires. En fait, c'est parce qu'il est un petit malin et désormais le voilà tranquille.

Personne ne connaîtra jamais son secret. Personne ne peut savoir que le 9 octobre 1920 il a abattu un policier à Philadelphie. Il s'appelait Joseph Moraine et l'interrogeait au sujet d'un vol qu'il venait de commettre. Charly a été plus malin et plus rapide. La police n'a jamais éclairci l'affaire. Mais sa femme, trois jours après leur mariage, découvrait par hasard – oubliées dans le fond d'un tiroir – toutes les coupures de presse jaunies publiées à propos de ce crime.

Sa femme, une bonne fille pourtant et plutôt jolie mais tellement bête, savait qu'il n'était pas un enfant de chœur. Elle avait tout compris. Horrifiée, elle voulait courir au commissariat voisin, car l'assassinat d'un flic ne pardonne pas. C'est la chaise électrique. C'était elle ou lui. Alors, il a été malin et surtout rapide : six balles...

« Où est-ce que vous créchez ? Si ce n'est pas indiscret... » demande brusquement Arthur Clifford.

– Je ne sais pas, j'avais pensé aller chez une copine mais j'ai peur qu'elle ait bien changé, et pas à son avantage.

– Si vous voulez, je connais tout près d'ici un hôtel tout ce qu'il y a de chouette.

– Pas trop cher ?

– Non. D'ailleurs, je peux vous faire une petite avance. »

Tout en comptant dix billets de cinq dollars qu'il pose sur la table, Arthur ajoute :

« Je ne veux pas me mêler de ce qui ne me regarde pas mais lorsqu'on sort de prison, on a certains besoins. Si vous voulez, je connais une très jolie fille, ça vous dit ?

– Bah ! ma foi, je ne suis pas contre.

– Alors, allez-y, c'est à droite, l'hôtel qui est à

l'angle du sixième bloc. Je téléphone et je vous envoie la fille. »

Le cœur de Charly Harpers chante. Il ne sent pas le froid. D'ailleurs, il ne neige plus, le vent est tombé et le ciel est bleu. Les filles entrevues sont belles malgré des jupes longues, longues, comme des grand-mères. Dans ses rêves les plus fous, il n'imaginait pas que la liberté pouvait être si généreuse : whisky, osso bucco, chianti, lit moelleux d'un bon hôtel, enfin comble du plaisir une jolie fille qui va frapper à sa porte.

Mais, dans le restaurant où il est resté, le visage d'Arthur Clifford est subitement redevenu très dur :

« Allô, patron ? dit-il au téléphone. C'est le moment. Il est à point. Vous le trouverez sur le trottoir des numéros impairs entre le restaurant Joe et l'hôtel Miramar. »

C'est au moment où Charly se penche en arrière et chausse ses lunettes pour lire l'enseigne au-dessus de sa tête : Miramar Hotel qu'une main se pose sur son épaule, et qu'une voix lui intime un ordre brutal :

« Suivez-moi. »

Charly considère avec étonnement le policeman, un grand escogriffe aux cheveux roux. Un autre, plus petit, planté derrière lui, contemple sa matraque en caoutchouc avec le plus vif intérêt.

Charly a trop d'expérience : il les suit sans résister. D'ailleurs, que peut-il craindre ? Il a sa grâce dans sa poche.

Mais au commissariat le document ne fait aucun effet. D'ailleurs, détail particulièrement inquiétant, un groupe d'inspecteurs semblent l'attendre. Un homme à cheveux gris qui doit être un patron parmi les flics se détache et lui demande :

« Reconnais-tu cela ? »

Sur la table, il aligne six morceaux d'acier tordus. Charly reconnaît pour les avoir vues longtemps pendant son procès les six balles qui ont tué sa femme.

Il essaie de crâner un peu :

« Et après ? J'ai payé hein ? »

Derechef, il brandit sa grâce. Mais le flic aux cheveux gris, sans y prêter la moindre attention, continue :

« Et cela, tu connais ? »

C'est une septième balle tout à fait semblable aux autres. Charly regarde sans comprendre.

« Tu ne sais pas ce que c'est ? Moi je vais te le dire : c'est une balle qui a été tirée, pas à New York, mais à Philadelphie, il y a trente et un ans !

Puis, brusquement, le policier aux cheveux gris appelle :

« Arthur ! Arrive ! »

Du bureau voisin sort le soi-disant Arthur Clifford. Il a toujours son regard bleu glacé, mais son visage qui a perdu le sourire est redevenu méchant :

« Belle journée qui se termine mal, n'est-ce pas, Charly ? »

Cette fois, Charly Harpers comprend qu'il n'est peut-être pas si malin que ça et tremble sur ses jambes.

« Mon vrai nom, dit Arthur, c'est Moraine. Je suis le fils du policier que tu as descendu il y a trente et un ans à Philadelphie ! Tu vois : ces six balles et la septième, elles ont la même déformation curieuse. Elles ont été tirées à huit ans d'intervalle par le même revolver. Evidemment, tant d'années après et le crime ayant été commis dans des Etats différents, personne n'a jamais fait le rapprochement. Mais, il y a deux mois, je suis venu de Philadelphie pour m'installer à New

York. J'avais gardé tous les documents concernant l'assassinat de mon père. J'ai eu la curiosité d'en parler au patron. Lorsque je lui ai montré la photo de la balle, il a froncé les sourcils. C'est un expert armurier. Il m'a dit : « J'ai déjà vu cette « déformation sur d'autres balles. » Nous avons cherché et trouvé.

– Maintenant, tu voudrais peut-être savoir pourquoi je t'ai joué cette comédie ?

« Eh bien... Lorsque nous avons appris que tu allais être libéré, le patron a décidé de laisser aller les choses jusqu'au bout. On a voulu te permettre de goûter quelques heures de liberté et même te les rendre aussi chouettes que possible, parce que, de cette façon, tu n'en auras que plus de regret de retourner en prison, et d'attendre un nouveau jugement. Vois-tu, Charly Harpers, mon père est mieux vengé comme ça. »

LE TÉMOIN EST EN RETARD

Sa longue silhouette maigre d'adolescent pliée en deux, Conrad Nagel glisse sous la lune blafarde le long du mur du cimetière recouvert de glace. Le pauvre a l'estomac dans les talons. Chez lui, depuis trois jours, on ne mange que du chou. Et quels choux ! Il y a quelques mois encore, on les aurait donnés aux cochons. Mais en ce mois de février 1947, il y a les paysans et les réfugiés : ceux qui ont à manger et ceux qui n'ont rien. Ceux qui n'ont rien volent, cela va de soi. Et le jeune Conrad Nagel âgé de quinze ans est de ceux-là.

Encore quelques mètres et il tournera le mur du cimetière pour atteindre la ferme voisine avec l'intention de se glisser dans le poulailler et d'y voler des œufs.

C'est alors qu'il lui semble entendre la neige craquer au pied de la colline juste au-dessous du cimetière. Le jeune homme pétrifié se tasse dans la neige contre les vieilles pierres du mur. En bas, trois hommes remontent la vallée, s'arrêtant presque à chaque pas pour regarder autour d'eux, l'oreille aux aguets.

« C'est peut-être des voleurs de cochons... » se dit Conrad.

Et il tourne la tête dans la direction de la ferme

d'Ernst Clausthal. L'après-midi même, Ernst Clausthal déclarait qu'il en avait assez qu'on lui vole ses cochons et qu'il ferait désormais le guet pendant la nuit.

Ce n'étaient pas des paroles en l'air. Ernst Clausthal est en effet debout dans l'ombre de la ferme. Lui aussi vient d'entendre du bruit dans la vallée. Il est sorti, un énorme gourdin à la main.

Les trois hommes en file indienne montent maintenant la pente abrupte. Après avoir fait halte sur la crête, dissimulés derrière un arbre et n'entendant aucun bruit, ils courent vers la ferme. C'est le moment que choisit Ernst Clausthal pour sortir de l'ombre, brandissant son gourdin.

Cinq coups de feu, répercutés dans la vallée, ont répondu à son geste. Ernst Clausthal a disparu. Sans doute, s'est-il affalé dans la neige. Les trois hommes, ayant fait précipitamment demi-tour, courent maintenant le long de la crête. Avant de s'enfoncer dans l'ombre de la vallée, ils passent à quelques mètres du jeune Conrad qui reconnaît deux d'entre eux : Eric Boll et Fritz Kork.

Le lendemain, 18 février 1947, la police semble investir le village. Des inspecteurs en civil frappent à toutes les portes.

« Qu'est-ce qui se passe ? » demande le jeune Conrad à sa mère.

Sous la tente où ils campent avec d'autres réfugiés, sa mère pose sur la table un énorme bol d'ersatz de café et la bouteille de saccharine.

« Dépêche-toi de boire ton café, lui dit-elle. Ils vont sûrement venir ici : ils interrogent tout le monde.

– Pourquoi ?

– Il paraît qu'Ernst Clausthal a été assassiné

dans la nuit. Sa femme l'a trouvé mort devant sa porcherie. Il avait reçu cinq balles. »

Or, les inspecteurs ne viennent pas interroger le jeune Conrad et celui-ci, qui ne veut pas avoir à expliquer pourquoi il était dehors durant la nuit, ne dit rien à personne. Quelques mois plus tard, il quitte le village avec sa famille. L'enquête va donc piétiner, puis être pratiquement classée jusqu'à ce qu'il revienne, vingt ans plus tard.

Vingt ans plus tard, en effet, quelques jours avant les fêtes, Conrad Nagel est devenu un homme de trente-cinq ans : brun, visage long et fin, aux vêtements de citadin, ingénieur chez Volkswagen. Il passe par pure curiosité dans le village où il fut, vingt ans plus tôt, réfugié avec sa famille.

Lorsqu'il descend de voiture sur la petite place où se font face le temple et la maison de bourgmestre, il constate très vite que peu de choses ont changé. Bien sûr, certaines maisons ont été ravalées, des annexes ont été bâties, et la petite promenade est devenue un parking. Après avoir fait quelques pas au hasard, l'envie lui vient brusquement d'aller au cimetière. Pourquoi diable au cimetière ? Aucun membre de sa famille, aucun ami n'y repose. Mais c'est près du cimetière, une nuit où il voulait voler des œufs, qu'il fut le témoin d'un crime. Bien qu'il ait identifié Eric Boll et Fritz Kork, les deux assassins, il s'est tu de peur qu'on lui demande ce qu'il faisait dehors à cette heure-là.

Ce souvenir, il l'a presque oublié, du moins il le croyait, n'éprouvant ni remords ni curiosité. Mais maintenant il aimerait connaître les conséquences de son comportement. Les criminels ont-ils été finalement découverts ? Sinon que sont-ils devenus ? Et Mme Clausthal ? Ses enfants ? Où sont-ils ? Que font-ils ? Autant de questions qu'il se pose en fait depuis des années sans se l'avouer.

Le voilà donc qui marche à grands pas vers le fameux cimetière.

Une épitaphe est gravée sur une borne de pierre : « Ici, Ernst Clausthal né en 1905, a été assassiné. Il a reçu cinq balles mortelles dans la soirée du 17 février 1947. »

Conrad Nagel se tient debout près de la borne, fumant rêveusement la pipe. Oui, c'est bien ici que cela s'est passé. Il voit encore Eric Boll courir sur la crête en soufflant dans le canon de son revolver fumant. Depuis l'assassinat qu'y a-t-il de changé ? Au-dessus de la vallée, toujours ombreuse, le mur du cimetière est branlant. Cent mètres plus loin, la ferme de ce pauvre Clausthal semble avoir changé de propriétaire. Sa veuve, probablement, n'a pas pu l'exploiter seule.

La vieille Mme Clausthal, dont Conrad s'est procuré l'adresse à la mairie, s'apprêtait à sortir de la laiterie où elle est femme de ménage, pour aller déjeuner.

« Vous êtes bien madame Clausthal ?

– Oui monsieur.

– Peut-être me reconnaissez-vous ? J'étais réfugié dans ce village, il y a vingt ans. Vous nous aviez prêté un bout de terrain dans la vallée. Nous y avons campé avec ma mère et mes deux sœurs, pendant plusieurs mois. »

D'un geste machinal, Mme Clausthal boutonne un vieux manteau de laine noire. Son visage exprime un grand effort de mémoire.

« Oui... Oui... Oui... Je me souviens. Les Hegel ?

– Les Nagel, madame. Et moi j'étais Conrad Nagel. J'avais quinze ans.

– Ah ! c'est ça, Conrad. Vous jouiez avec ma fille... Je me souviens. »

La vieille, le regard vague, semble perdue dans ses souvenirs. Conrad a du mal à se lancer :

« Alors, voilà, euh, comme je passais par le village, j'ai voulu vous dire bonjour. »

Mme Clausthal paraît quelque peu étonnée. Elle ne se souvient pas avoir eu des relations étroites avec les Nagel. Mais, à son âge, en ce qui concerne les souvenirs, on n'est jamais sûre de rien. Alors, à tout hasard, elle sourit et fait semblant de s'intéresser à ce garçon.

« C'est gentil. Et vous, comment allez-vous ?

– Moi, ça va. Je suis ingénieur chez Volkswagen. Je suis marié, j'ai deux enfants. Les choses ont bien tourné, dans l'ensemble. Et vous ? »

Mme Clausthal hoche la tête :

« Oh ! nous. Depuis que mon mari est mort, cela va cahin-caha. Mais vous étiez encore là quand il est mort ?

– Oui, madame, je me souviens.

– Je me disais aussi ! Ernst venait de rentrer de Russie quand vous êtes arrivés. Il a été assassiné deux mois plus tard. C'est tout juste s'il avait eu le temps de se remettre d'aplomb. Pauvre Ernst, vous vous souvenez de lui ?

– Oui, très bien madame. »

La gorge de Conrad Nagel s'est serrée.

« C'est ignoble ce qu'on a fait à mon pauvre Ernst. Tout cela, probablement, pour voler un cochon ! »

Mme Clausthal, vingt ans après, en a encore les larmes aux yeux.

« Vous avez vendu la ferme ?

– J'ai été obligée. Quand Ernst est mort, il y avait déjà cinq ans que je la maintenais péniblement. Tout commençait à aller mal. Il fallait tout remettre en état. C'était le travail d'Ernst, pas celui d'une femme. Et puis la ferme était trop petite pour la confier à un métayer. Elle ne pouvait pas faire vivre deux familles, alors j'ai vendu. Quand Ida s'est mariée, j'ai voulu lui faire une jolie dot. Malheureusement, mon gendre a ouvert un commerce à Munich qui n'a pas marché. Le mariage non plus d'ailleurs. Alors vous voyez, je fais le ménage... »

Mme Clausthal et Conrad marchent dans la rue lentement, côte à côte, et il propose brusquement :

« Voulez-vous que je vous dépose chez vous, madame Clausthal ? »

J'insiste. « C'est l'affaire de deux tours de roues. »

Lorsqu'ils sont en voiture Mme Clausthal lui dit soudain :

« Si vous voulez voir Ida, elle est là en ce moment. Elle est venue m'amener la petite quelques jours pour les fêtes.

— Vous êtes grand-mère ?

— Oui. Arrêtez-vous, c'est là. »

La voiture s'arrête devant un jardin que Mme Clausthal traverse en passant par l'entrée de service.

Quelques instants plus tard, Conrad Nagel est assis dans une petite pièce basse que Mme Clausthal occupe gratuitement au rez-de-chaussée d'une villa bourgeoise. En compensation, elle fait le ménage de la villa trois fois trois heures par semaine.

Ida et Conrad se sont présentés gauchement. Manifestement, ils se souviennent à peine l'un de l'autre. Au contraire de sa mère, encore menue et vive, Ida a le visage un peu carré, les traits forts et la stature puissante de son père.

« Vous vous plaisez en ville ? demande Conrad poliment.

– Non. Moi j'étais faite pour vivre ici, à la campagne. La mort de mon père a été une catastrophe. D'ailleurs, je vais divorcer. »

C'est alors que les cheveux de Conrad se hérissent. Que vient-il d'entendre? Mme Clausthal qui demande à sa fille :

« Dis donc Ida, si tu sautais sur ton vélo pour aller chercher une bouteille d'apéritif chez Boll? Une petite, et tu en profiteras pour rapporter la commande que je lui ai faite!

– Chez Boll? demande Conrad.

– Eric Boll, c'est l'épicier », répond Mme Clausthal d'un air tranquille.

Conrad s'est levé brusquement pour partir.

« Inutile de vous déranger.

– Vous ne nous dérangez pas. De toute façon, Ida doit prendre une commande chez lui.

– Je vous remercie mais je ne peux pas rester. »

Conrad et Ida sont sortis ensemble. Tandis qu'elle prend son vélo dans le garage des propriétaires, Conrad, montant en voiture, lui demande :

« La police n'a jamais eu de présomptions à propos des assassins de votre père? Vous non plus? Mais c'était certainement des gens du village, ou d'un village des environs? »

Ida a l'air étonné :

« Les assassins? Vous croyez qu'ils étaient plusieurs?

– J'ai dit ça au hasard...

– En tout cas, vous avez raison. Qu'ils aient été un ou plusieurs, l'assassin c'est quelqu'un du coin, quelqu'un qui continue sa petite vie tranquille et que peut-être ma mère croise tous les jours. Quand j'y pense, une telle injustice me rend folle!

– Même après vingt ans, si quelqu'un pouvait

dénoncer le coupable, vous croyez qu'il devrait le faire ? »

Ida est certainement loin d'être une imbécile car elle s'est brusquement raidie. Ses cheveux blonds agités par le vent, le menton légèrement levé, elle regarde Conrad avec des yeux perçants. La pâleur envahit ses larges pommettes, sa poitrine se lève et s'abaisse dans une respiration coléreuse.

Sa voix est sèche pour demander :

« Quoi ? Vous savez quelque chose ?

— Je n'ai pas dit cela.

— Ecoutez, Conrad. Je ne parle pas pour moi bien que j'aie beaucoup aimé mon père et que sa mort ait bouleversé ma vie. Mais je pense à mon frère. Evidemment, maman ne vous en a pas parlé. C'est un sujet tabou, parce qu'il est en prison. Nous n'avons pas été capable de l'élever. Et il est très difficile de faire accepter la société telle qu'elle est à un garçon dont le père a été assassiné et dont l'assassin court toujours. Et puis je pense à mon père qui s'est battu pendant trois années sur le front russe avec l'unique espoir de rentrer un jour chez lui. Et c'est chez lui justement, deux mois après son retour, qu'on l'a assassiné. Je pense à ma pauvre mère qui s'est battue pendant des années pour maintenir en état la ferme pour que mon père la retrouve en rentrant de Russie, qui s'est retrouvée seule avec deux enfants dans une ferme à la dérive. A ma pauvre mère qui, à soixante-dix ans, fait des ménages ! Pour les crimes, la prescription est de trente ans. Alors, je vous en prie, si vous savez quelque chose, la moindre chose, il faut parler ! »

Conrad, qui se sent perdre pied et ne sait quelle attitude adopter, actionne le démarreur et passe en première. Il voudrait dire quelque chose, mais quoi ? D'ailleurs, Ida ne l'écoute pas. Le visage collé contre la vitre, hors d'elle, elle hurle :

« Si vous savez quelque chose, il faut parler Conrad ! Il faut parler ! »

Devant Conrad, gêné et indécis, l'officier de police de la petite ville voisine, a sorti le dossier de l'assassinat Clausthal. Il n'était pas classé. Une affaire d'assassinat n'est jamais classée tant que le coupable n'est pas connu. Il était « oublié ».

« Alors, je vous écoute », dit l'officier, le dossier ouvert devant lui.

Mais Conrad reste muet. Il est venu jusque-là, poussé par le remord qu'a fait naître en lui sa conversation avec Mme Clausthal et Ida. Et à présent, au moment de faire le saut, il hésite. Le policier veut l'aider :

« L'assassin auquel vous pensez doit être de la région.

– Oui. Ils sont trois. Mais je n'en connais que deux.

– Je comprends votre hésitation. De deux choses l'une : ou vous êtes sûr de vous, ou vous avez un doute. Si vous avez un doute, il vaut mieux vous taire, vous risqueriez de ruiner inutilement la réputation des gens qui, en vingt ans, se sont fait une vie. Mais si vous êtes sûr de vous, alors vous devez parler.

– Je vais réfléchir », dit Conrad.

Et il s'en va, décidé à voir ce que sont devenus Eric Boll et Fritz Kork, les deux assassins.

Sous les arbres au bout du parking éclate une devanture jaune dont la vitre est barrée d'un calicot publicitaire : « Pour les fêtes, panier garni : 6 tranches de saumon fumé, dinde pour 6 personnes. »

En entrant dans la boutique, vers six heures du soir, le cœur de Conrad Nagel se met à battre plus fort. Il l'a reconnu, c'est lui. Bien sûr Eric Boll n'est plus le jeune soldat démobilisé à la nuque rasée et aux joues creuses. Ses cheveux blonds sont devenus filasse. Tout en lui s'est affadi et épaissi. Mais c'est bien Eric Boll, qui courait sur la crête après avoir abattu ce pauvre Ernst Clausthal. Eric Boll se tourne vers le client :

« Vous désirez, monsieur ?

– Je voudrais de quoi faire un sandwich.

– Un sandwich ? Ah ! je n'ai plus de pain. Vraiment je suis désolé. Celui qui reste est rassis. »

Et voilà qu'Eric Boll, en blouse blanche, quitte sa caisse et, souriant, se met en quatre :

« A cette heure-ci, dit-il, en conduisant Conrad vers la porte, ils pourront sûrement vous faire un sandwich à la brasserie du Cerf. Ils sont venus chercher du jambon ce matin et ils ont probablement du pain. Tenez, vous voyez, là-bas dans la rue ? Derrière le temple ? Vous faites vingt mètres et c'est là. Si par hasard ils n'avaient pas de pain, revenez. J'irai chez moi en chercher. C'est deux maisons plus loin.

– Merci.

– Il n'y a pas de quoi. J'allais fermer, mais j'attendrai dix minutes au cas où ils n'auraient pas de pain à la brasserie du Cerf. »

Lorsque Conrad sort de la boutique, Eric Boll, au milieu de ses boîtes de sardines, de son saumon fumé et de ses hectomètres de saucisses, lui fait de la main un amical « au revoir ».

Conrad pourrait faire jeter cet homme en prison... Doit-il le faire ?

A la brasserie du Cerf une serveuse, qui glisse entre les tables comme un fantôme, revient un sandwich à la main si monstrueux que Conrad doit ouvrir une bouche béante. Elle l'observe :

« Qu'est-ce que vous buvez ?
– Une chope. »
Conrad la retient avant qu'elle s'en aille :
« Vous connaissez Fritz Kork ? »
La serveuse ne répond pas et l'observe avec méfiance. Alors il donne une explication :
« Je l'ai connu, il y a vingt ans. J'étais réfugié ici. J'aimerais bien savoir ce qu'il est devenu.
– Si vous ne l'avez pas vu depuis vingt ans, il a dû changer ! »
Et la servante s'éloigne pour revenir quelques instants plus tard, la chope de bière à la main. Conrad insiste :
« Il habite toujours dans le village ?
– On voit que vous n'êtes pas de la région ! M. Fritz Kork s'est fait construire une maison dans le bourg voisin. Vous trouverez son nom dans l'annuaire. Il est représentant en produits de nettoyage.
– Il est marié ? »
La serveuse fronce les sourcils.
« Si vous l'avez connu il y a vingt ans, vous devez le savoir...
– Ah ! oui. C'est vrai, il était déjà marié. Mais on ne sait jamais, il pourrait avoir divorcé.
– Ici, on ne divorce pas avec six enfants. Ce n'est pas le genre. Surtout M. Fritz Kork ! »
Là-dessus, la servante, estimant en avoir déjà trop dit, fait demi-tour mettant fin volontairement à la conversation.
« Six enfants pense Conrad. Et le père est un criminel ! Mais les enfants, et la femme ? que deviendront-ils si je parle ? »
La nuit est tombée. En regagnant à pas lents sa voiture, Conrad Nagel croise un homme et une femme à vélo. La femme met pied à terre. Dans

le noir, il reconnaît le large visage et les cheveux blonds d'Ida, qui l'interpelle :

« Alors Conrad, vous avez réfléchi ? »

Ida se tourne vers son compagnon qui s'approche à son tour :

« Walter, c'est Conrad Nagel dont je t'ai parlé. Dis-lui qu'il doit dire ce qu'il sait. »

Walter est un beau garçon au visage ouvert. Conrad a le sentiment de l'avoir déjà vu. Il demande :

« Nous nous connaissons, monsieur. Qui êtes-vous ?

– Walter Boll, je suis le fils d'Eric Boll, l'épicier, répond l'homme, avec simplicité.

– Lorsque j'aurai divorcé, explique Ida, nous nous marierons. »

Alors Conrad n'a plus qu'une idée : partir le plus vite possible. Baragouinant n'importe quoi, il recule jusqu'à sa voiture. Tandis qu'il démarre, Walter Boll lui répète pour la dixième fois :

« Si vous savez quelque chose, il faut parler !

– Je ne sais rien... Rien... Rien. Je vous assure ! »

Et Conrad Nagel quitte ce village où il n'aurait jamais dû revenir.

LE SEIGNEUR DE L'ILE

AU milieu des tombes giflées par les embruns, les yeux des hommes s'arrondissent et s'étonnent. Le front des femmes se plisse d'inquiétude. Le pasteur lui-même, qui s'apprêtait à faire l'adieu au défunt, reste coi, la bouche ouverte.

« Si, si, je vous assure... Tenez, regardez... »

Et le pêcheur en suroît qui vient d'entrer dans le cimetière offre à tous de vérifier dans ses jumelles.

La scène se passe dans un lieu très étrange. Là où l'Angleterre pousse le comté du Devonshire comme un pieu géant dans l'Atlantique, se trouve au milieu d'un chaos de rochers et de falaises une petite île, tour à tour balayée par des vents glacés ou voilée par la brume. Des grottes où s'engouffre l'océan furieux rongeant le granit et des dizaines de milliers d'oiseaux nichent dans les rochers. L'île fut la base de pirates espagnols et français puis de marchands d'esclaves anglais avant de devenir, depuis près d'un siècle, le clan des Brunswick, les éleveurs de moutons, qui règnent sur l'île et s'y comportent comme des rois.

Dans les jumelles qui passent de main en main, les habitants de l'île réunis autour du caveau ouvert, voient sur une vedette grise, venue du continent, quatre officiers en uniforme.

Les regards s'entrecroisent sans un mot. Quelques-uns observent à la dérobée la pauvre Jessie qui reste impassible et sans larmes sous son voile de deuil devant le cercueil de son mari James, le plus despotique de tous les Brunswick qui se sont succédé sur cette île sinistre.

Personne n'aurait l'idée d'interroger son voisin quant aux raisons de cette irruption de la police. Par contre, tous se posent la question : qui a dénoncé Jessie? Lorsque le pasteur fait mine de reprendre le cours de la cérémonie, un petit homme estropié, décharné et borgne, l'arrête avec une voix de fausset :

C'est Georges, le frère du défunt :

« Un instant! Un instant monsieur le pasteur! Ne faudrait-il pas mieux attendre l'arrivée des policiers? »

C'est ainsi que la population de l'île, pêcheurs et éleveurs de moutons, le menton émergeant tout juste de leurs gros pulls à col roulé, engoncés dans leurs suroîts ou leurs vestes de fourrure, attendent par ce froid humide de mars 1954 l'arrivée de la force publique qu'on n'a pas vue ici depuis dix ans.

Les quatre hommes en uniforme peinent sur le chemin glissant qui descend au cimetière, retenant sur la pente un gros policier de Scotland Yard.

« Vous procédez bien à l'enterrement de James Brunswick? demande, essoufflé, celui-ci.

— Oui, répond le pasteur désolé.

— Monsieur le pasteur je vous demanderai de poursuivre votre office sans procéder à l'inhumation définitive. Le corps du défunt doit nous être remis pour autopsie. »

Puis l'homme de Scotland Yard demande à haute voix :

« Qui est Georges Brunswick ? »

Le petit homme décharné, borgne, à la voix de fausset s'avance d'un pas :

« C'est vous qui avez demandé notre intervention ?

– Oui. »

Enfin le policier s'adresse à la veuve :

« Madame, je vous prie d'accepter mes condoléances et de bien vouloir me rejoindre dès la fin de la cérémonie. »

L'extraordinaire procès de Jessie Brunswick se déroule aux assises d'Exeter, capitale du Devonshire.

Premier jour :

« Accusée Jessie Brunswick, plaidez-vous coupable ou non coupable ?

– Non coupable, Votre Honneur. »

Toute l'affaire va se jouer entre cinq personnages :

Le président aux paupières closes mais aux lèvres serrées, curieuse physionomie exprimant sous sa perruque à la fois la bonhomie et la sévérité.

L'accusée Jessie – quarante ans – une petite femme rude, vêtue sans coquetterie d'un tailleur noir usé et démodé, les cheveux blonds tirés en arrière, si serrés dans leur chignon que, de loin, on la croirait chauve. Malgré sa timidité, elle répondra aux questions du juge d'une voix forte, claire, bien distincte.

Georges, le frère de la victime, inquiétant petit

personnage décharné à la voix de fausset. Tombé un jour d'une falaise de son île, il en est resté estropié et borgne.

L'avocat, vieillard droit comme un I, aux yeux lumineux, est un grand avocat, le plus grand que l'on ait trouvé en Angleterre. Il a été engagé au dernier moment par souscription publique pour défendre Jessie. Car tout le monde se passionne pour l'affaire depuis le début de l'enquête, et le pays entier s'est pris de pitié pour Jessie sans hélas! croire qu'elle peut échapper à la condamnation pour meurtre, car tout l'accable.

Enfin, le cinquième personnage, bien qu'invisible, va planer sur le débat. Sans cesse il sera question de son autorité, de sa force, de sa brutalité et de sa paillardise. Il s'agit bien entendu du défunt James Brunswick, éleveur de moutons et seigneur de l'île.

Pour le moment, le président ouvre son dossier et levant ses lourdes paupières commence à lire, à l'intention des jurés, le compte rendu de l'enquête menée par Scotland Yard.

« Sur une dénonciation de Georges Brunswick, dit-il, la police a procédé à l'autopsie de James Brunswick et constaté qu'il avait été empoisonné par de l'arsenic. Les médecins établirent que l'arsenic avait pénétré le corps de la victime à plusieurs reprises et pendant deux ans. Par l'analyse des ongles et des cheveux, ils ont d'ailleurs réussi à reconstituer assez exactement le calendrier de cette absorption de poison. Ils en conclurent que l'éleveur de moutons avait absorbé l'arsenic avec ses aliments. L'origine du poison ne pose pas de problème : pour le lavage de la laine avant la tonte, James Brunswick utilisait depuis des années une dilution d'arsenic. Le produit se trouvait dans un petit placard d'une des bergeries.

Lui seul et l'accusée en avaient la clef. Jessie Brunswick fut arrêtée dès le premier jour de l'enquête en raison des charges qui l'accablaient. Il est en effet établi et elle ne l'a d'ailleurs jamais contesté, qu'elle était la seule dans la maison à préparer les repas. De plus, toute la population de l'île savait qu'elle haïssait son mari. »

Là-dessus, le président quitte des yeux son dossier pour déclarer :

« Mais vous devez savoir, messieurs les jurés, que l'accusée a toujours prétendu l'innocence. Malgré des indices écrasants, elle n'a jamais abandonné cette attitude. De plus, vous devrez tenir compte que les enquêteurs ont tenu à souligner que la vie conjugale de l'accusée a été une véritable tragédie. Les parents de l'accusée lui ont fait épouser James Brunswick à dix-sept ans, certainement parce qu'il était riche et continuait d'agrandir sa fortune.

« ... Accusée, lorsque vous l'avez épousé, connaissiez-vous son caractère et sa réputation ?

– Oui.

– Vous saviez que c'était un terrible coureur de jupons ? Alors pourquoi ne pas avoir refusé ce mariage ?

– Dans l'île, nous n'avons pas coutume de nous opposer à nos parents.

– Vous vous êtes plainte qu'il vous a battue; cela arrivait-il souvent ?

– Très souvent. Il m'a battue pour la première fois, pendant la nuit de noces. »

L'impassible président ne peut s'empêcher d'exprimer un léger étonnement :

« Pendant la nuit de noces ? Mais pourquoi ? »

Debout dans son box, face aux jurés, l'accusée rougit mais ne se démonte pas.

« Il trouvait que je ne faisais pas ce qu'il souhaitait, comme il le souhaitait.

– Evidemment, remarque le président, battre sa femme pendant la nuit de noces n'est pas un signe de bonne éducation. Mais on est rude dans l'île et vous-même n'étiez peut-être pas très informée des choses sexuelles ? »

C'est alors que pour la première fois l'avocat de l'accusée se fait entendre. Il a la voix calme et grave et, volontairement ou non, légèrement tremblante d'émotion :

« Votre Honneur, dit-il. Le martyre de ma cliente – car il s'agit d'une véritable martyre – ne doit pas être considéré avec humour. Informée ou non des choses sexuelles, Jessie Brunswick a tout de même mis au monde dix enfants. Malheureusement, six sont morts, car si les gens sont rudes dans l'île, la vie l'est plus encore ! »

Le président, mécontent de l'intervention, l'interrompt :

« Nous savons cela, maître, et nous ne laisserons rien dans l'ombre. Par exemple qu'il n'y a pour ainsi dire pas de femme dans l'île que James n'ait pas courtisée. L'enquête signale qu'il buvait, qu'il jouait et régnait en maître; qu'avec sa canne de chêne il frappait sur tous ceux qui s'opposaient à lui. De même, nous n'ignorons pas qu'à plusieurs reprises l'accusée s'est enfuie de l'île et que son mari la ramenait chaque fois pour la maltraiter encore plus. On comprend très bien dans ces conditions qu'elle ait pu souhaiter la mort de son époux. »

Encore une fois, l'avocat s'insurge :

« L'enquête précise-t-elle que plus James Brunswick devenait violent et méchant, plus ma cliente se soumettait ? Et j'insiste Votre Honneur pour que les jurés sachent qu'angoissée et isolée, ma cliente avait tout de même admis son triste sort. »

Le deuxième jour du procès est avant tout consacré à l'audition de Georges Brunswick, frère de la victime. Petit, estropié, décharné, et borgne, il se tient légèrement affaissé sur la barre, sa voix de fausset est à peine perceptible, mais ses yeux sans cesse parcourent l'auditoire.

« Qu'est-ce qui vous fait penser que votre belle-sœur pouvait avoir assassiné votre frère?

– Il se méfiait.

– Pourtant, remarque le juge, si la haine de l'accusée pour son mari était évidente, son attitude était celle d'une femme dévouée et loyale.

– C'était de l'hypocrisie, Votre Honneur. Mon frère m'avait prévenu. « Jessie est une hypocrite. « Elle veut ma propriété et elle en veut à ma « vie. »

L'avocat de l'accusée bondit :

« Messieurs les jurés, je vous en conjure, méfiez-vous des déclarations de ce témoin. Il était affreusement jaloux de sa belle-sœur.

– Maître, vous n'avez pas le droit de diffamer le témoin... s'insurge le président. D'ailleurs, il n'est pas suspect de sympathie exagérée pour son frère.

– Ah! non, grogne le témoin. Moi aussi, il me battait avec sa canne de chêne. Et souvent. »

L'avocat ne se démonte pas :

« Oui. Dans l'île, vous détestiez peut-être votre frère. Mais vous n'êtes plus dans l'île. Et l'homme que vous avez là, devant vous messieurs les jurés, est redevenu un Brunswick, seigneur de l'île. Or un Brunswick ne trahit jamais un Brunswick. »

Comme le public et les jurés hochent la tête

devant la piètre apparence du nouveau seigneur, l'avocat poursuit s'adressant au témoin :

« Si vous n'aviez pas dénoncé ma cliente, et que l'enterrement de votre frère se soit passé normalement et qu'elle n'ait pas été inquiétée, qui héritait ? Elle bien sûr, ricane l'avocat. Mais ma cliente en prison, c'est vous qui jouiriez des biens de votre frère ! »

Troisième jour du procès.

Le martyre de Jessie Brunswick, la dignité de son attitude ayant fait les manchettes de la presse britannique, son regard triste sous son petit chignon blond et sa silhouette navrante dans son tailleur noir ayant été amplement reproduits, l'opinion publique se manifeste de plus belle en sa faveur. Des collectes sont organisées. Elle reçoit de toutes parts des lettres de sympathie. Ses enfants sont submergés de cadeaux. Des hommes de science et des juristes prodiguent leurs conseils à l'avocat.

Conseils inutiles, puisque la science affirme que la victime a été empoisonnée à l'arsenic; puisque les témoins, même les plus bienveillants, doivent admettre que Jessie avait toutes les raisons de haïr son mari; puisqu'enfin elle seule avait accès au poison et qu'elle seule préparait les repas. Dans ces conditions, même en lui accordant le bénéfice des circonstances atténuantes, la juridiction britannique ne laisse guère de choix aux jurés des assises : ils doivent la condamner.

C'est alors que l'avocat va essayer d'insinuer le doute dans les esprits. Interrogeant les témoins, il leur fait répéter que James Brunswick était méchant, hargneux, brutal, vindicatif.

« Mais surtout avec ceux dont il se méfiait,

explique-t-il. Tout être qui l'inquiétait devenait un ennemi contre lequel tous les moyens de lutte étaient bons. Alors, que pouvait-il trouver de plus cruel à l'encontre de sa femme ? La battre ? Il ne s'en privait pas. La tromper odieusement ? Cela faisait déjà partie de son arsenal. L'injurier, la traîner plus bas que terre, la mépriser ? Broutilles ! La déshériter ? D'accord, mais encore eut-il fallu pour qu'elle en souffre qu'il fût mort ! Alors, quelles souffrances nouvelles pouvait-il inventer ? Eh bien, justement, ce qui arrive à ma cliente : qu'elle soit accusée d'assassinat. Alors, je pose la question, Votre Honneur : et si James Brunswick s'était suicidé ?

— Vous dites n'importe quoi, maître ! La victime n'a jamais rien dit qui puisse justifier une telle supposition.

— Dans les frères Karamazov, Dostoïesvski ne décrit-il pas un serviteur qui se suicide par méchanceté pour que son maître soit accusé ? »

Mais les jurés hochent la tête; l'hypothèse de l'avocat n'est guère plausible et le président soupire :

« Je comprends votre acharnement à sauver une cliente dont nous admettons volontiers les souffrances, mais il faudra trouver autre chose si vous voulez que nous puissions lui épargner la prison. »

Quatrième jour du procès : Coup de théâtre. L'avocat présente une jeune fille de dix-neuf ans. Il y a un an et demi, dans l'île, elle s'était empoisonnée à l'arsenic. Sauvée in extremis, elle avouait avoir reçu le poison des mains de James Brunswick. Celui-ci lui avait fait croire qu'en le dosant avec précaution elle aurait une mine superbe et que ses yeux brilleraient davantage. En réalité, elle était enceinte. Bien sûr, l'avocat l'interroge : ne se serait-elle pas vengée sur James Brunswick ? Sinon connaissait-elle le mystère de sa mort ? Avait-elle une idée ? Même un simple soupçon ?

Rien de tout cela : la jeune fille a quitté l'île trois semaines avant le drame.

A la fin de cette quatrième audience, quittant le prétoire, le président dit en aparté à l'avocat :

« Vous ne pourrez pas la sauver... Moi non plus et les jurés sont par avance affreusement désolés. »

Le cinquième jour du procès de Jessie Brunswick, accusée d'avoir empoisonné à l'arsenic son mari éleveur de moutons et seigneur de l'île, l'avocat de l'accusée a obtenu que le frère de la victime, le petit borgne estropié, soit à nouveau entendu. De sa voix calme et grave, toujours un peu tremblante d'émotion, il interroge :

« Voyons, est-ce que oui ou non, en faisant condamner votre belle-sœur, vous pouvez obtenir l'héritage Brunswick ? »

Le petit homme se tait, et l'avocat doit répéter d'une voix encore plus grave :

« Oui ou non ?

– C'est possible, répond enfin Georges.

– Est-ce qu'au café Stenor vous n'avez pas dit parfois que vous feriez payer à votre frère sa brutalité ? Allons, ne mentez pas ! Dix témoins vous ont entendu.

– Oui, je l'ai dit, mais parce que j'étais en colère !

– Votre colère n'était ni plus ni moins légitime que celle de ma cliente. Exact ?

– Oui.

– Alors, pourquoi est-ce que ce n'est pas vous qui auriez empoisonné James Brunswick ? De cette façon, vous vous vengiez de votre frère, vous vous débarrassiez de votre belle-sœur en l'accusant, et vous héritiez ! Votre mobile est bien plus consistant que celui de l'accusée ! »

Il y a dans la salle un long silence. Cette fois l'hypothèse de l'avocat est tout à fait plausible. Georges Brunswick, pâle comme un mort, s'est effondré sur la barre.

C'est alors que l'accusée se lève dans son petit tailleur noir et s'adresse à son défenseur d'une voix impérative :

« Non, maître, pas ça ! Je ne peux pas vous laisser dire ça ! Georges est un incorrigible bavard, il dit n'importe quoi quand il a bu mais il aimait son frère malgré tout. Il ne peut l'avoir tué : c'est un Brunswick ! »

La face ingrate de Georges rayonne. Le lamentable petit homme, délivré, retombe assis sur son siège.

Sixième jour du procès : nouveau coup de théâtre. Le président s'adresse aux jurés :

« Je dois vous faire savoir... dit-il, que Georges Brunswick vient de retirer sa plainte contre l'accusée. Il m'a déclaré avoir toujours su qu'elle était innocente. Il renonce également à l'héritage. Les explications qu'il m'a données sont assez confuses.

« En quelque sorte, il voulait absolument découvrir un criminel et n'en aurait pas trouvé d'autre. Je ne ferai aucun commentaire sur cette attitude de Georges Brunswick qui libère sa conscience sans résoudre le problème. Car, hélas ! les rapports des experts sont toujours là, contre lesquels nous ne pouvons rien : James Brunswick est mort empoisonné à l'arsenic et seule l'accusée, qui le détestait, avait la clef du placard à poison et seule, elle préparait les repas. »

A l'issue de cette sixième audience, le défenseur de Jessie Brunswick rentre chez lui, refusant tout contact. Il sait qu'il ne lui reste qu'une journée pour sauver sa cliente. Ne pouvant trouver le sommeil, enfermé dans sa bibliothèque, il revoit toutes les déclarations des témoins, se remémore toute la littérature qu'il a étudiée traitant de l'arsenic, et se rend au tribunal sans être passé par son lit.

Or, au vestiaire des avocats, ses collègues sont tout surpris de le voir sourire. A leur grand étonnement, il leur affirme :

« J'ai trouvé la solution de l'énigme. »

Ceux-ci ne paraissent guère convaincus : il a déjà usé tant d'hypothèses...

« Vous avez trouvez une théorie plausible ?

– Oui !

– Acceptable par la justice et surtout par les experts ?

– Oui. La science ne sera pas ébranlée et la loi sera respectée. Selon moi, James Brunswick a bien été assassiné, mais il n'y a pas d'assassin. »

Aux experts réunis devant la barre, l'avocat de la défense ne pose qu'une question :

« Est-il possible que l'arsenic pénètre dans l'organisme par la peau ? »

Cette fois, tout le monde a compris où il veut en venir et la salle entière retient son souffle en attendant la réponse des experts :

« Oui », dit l'un...

« Certainement », dit l'autre...

« Rien ne s'y oppose », ajoute un troisième.

Avant même que l'avocat ait fourni son explication, la salle éclate en applaudissements, le visage de l'accusée s'illumine, les jurés se regardent en souriant et le président lui-même s'écrie :

« Bravo maître ! »

L'avocat pousse son avantage :

« Vous savez que James Brunswick tenait un registre d'intendance dans lequel il indiquait les dates de tonte de ses moutons. Or, ces dates correspondent très exactement aux périodes que messieurs les Experts ont retenues comme étant celles où la victime avait absorbé du poison.

« ... L'explication est donc évidente; chaque fois que James Brunswick lavait la laine de ses moutons, il absorbait de l'arsenic. Peut-être même en absorbait-il par voie orale. Car dix témoins viendront vous dire qu'il ne se lavait jamais les mains ! »

L'accusée, enfin libre, est retournée dans l'île battue par les vents de l'océan, dans un cirque de rochers où nichent les mouettes.

TOUT DOUX, MILORD... TOUT DOUX...

MILORD, six ans, est un beau mâle. Un grand gaillard qui doit peser dans les cent trente-cinq kilos. A dix heures un quart du matin, il finit son repas quotidien : un magnifique quartier de viande un peu verte, tout à fait ce qu'il aime. Ses deux compagnons : Tommy et Lisia se sont couchés pour une petite sieste, l'œil aux aguets.

Milord, rassasié, se lèche les babines regardant sans les voir : la contorsionniste qui rince ses maillots, le clown qui donne un coup de peinture à une chaise de bois et la signora Dario, la femme du patron, qui épluche les pommes de terre.

Milord n'est pas particulièrement de mauvaise humeur. A vrai dire, il n'a pas d'humeur du tout : il s'embête tout simplement. Cet univers, éternellement découpé en tranches par des raies verticales, est vraiment monotone.

Milord s'étire, bâille et se frotte aux barreaux. Tiens... ça bouge. Milord appuie doucement son énorme mufle et la porte s'ouvre.

Etonnés, Tommy et Lisia se lèvent lentement. Sous leur poids la cage frémit. De l'autre côté de la petite place, autour des caravanes, la vie va son train-train quotidien. Le signor Dario, propriétaire du cirque Dario, l'un des cent chapiteaux qui sillonnent l'Italie, fait ses comptes.

Un peu partout sous ce tiède soleil de printemps éclatent les affiches du cirque Dario où Milord est vedette. C'est lui dont on a choisi de reproduire les traits parce qu'ils sont particulièrement beaux. Mais le dessinateur a prêté à ce brave Milord un air féroce : l'œil étincelant, la gueule ouverte d'où sortent des canines énormes. Il est présenté comme l'un des terribles fauves du dompteur nu Fio Pascuale, que l'affiche appelle en toute modestie « l'Errol Flynn du cirque ».

Pour le moment, l'œil de Milord n'étincelle pas du tout : il est plutôt endormi et ses monstrueuses canines sont soigneusement rangées sous des babines légèrement tombantes. Tommy et Lisia qui se sont approchés de la porte, le poussent de l'épaule, et semblent dire :

« Alors quoi, tu sors oui ou non ? »

Milord est indécis. Qu'est-ce qu'il fait : la sieste ou un petit tour ? Né en ménagerie, il n'a vécu en liberté que les tout premiers mois de son existence. A l'époque où il n'était encore qu'un gros chat, il couchait dans le lit du beau danseur nu, « l'Errol Flynn du cirque ». Il y a longtemps de cela et il ne quitte désormais sa cage que pour s'engager dans le tunnel d'acier qui conduit à la piste.

« Moi je sors », semble dire Tommy qui glisse sa crinière par la porte ouverte et d'un bond saute sur le sol.

Lisia le suit. Milord, sans enthousiasme, saute à son tour. Sans hâte, posant délicatement leurs pattes feutrées sur l'asphalte chaud, les trois lions s'en vont en promenade.

Il y a quarante-huit heures que le cirque *Dario* séjourne dans une aimable petite cité de la Lombardie. L'établissement – une entreprise familiale de vieille renommée – ne rappelle *Barnum* que de très loin. Il ne peut recevoir que cinq cents spectateurs. Le signor Dario, outre ses fonctions directoriales, présente le numéro du *Mur de la mort* et les artistes, qui sont une vingtaine, prêtent la main au montage et au démontage de la tente.

Il est donc dix heures et demie du matin, le 3 mai 1958, lorsque les trois lions du numéro vedette du dompteur nu Fio Pascuale – « l'Errol Flynn du cirque » – sortent tranquillement de leur cage. C'est l'aide du dompteur qui a tout simplement oublié de verrouiller la porte.

Tommy et Lisia ne vont pas loin. Levant la tête, la petite contorsionniste aperçoit les trois fauves. Elle pousse un cri et s'évanouit sous le nez de Lisia médusée. Le clown stupéfait lâche son pinceau. Tandis que l'aide du dompteur, accouru, se dresse le plus simplement du monde devant les trois fauves les bras écartés pour leur barrer la route :

« Allons... Allons... Tommy... Lisia... Qu'est-ce que vous faites là ?... »

Comme à vrai dire Tommy et Lisia, effectivement, ne savent pas très bien ce qu'ils font là, qu'ils n'ont aucune idée arrêtée, ni préjugé, ni complexe, ils s'arrêtent.

« Voulez-vous retourner chez vous ! »

Et l'aide-dompteur, avec de petits gestes de la main comme s'il repoussait des poules dans un poulailler, les reconduit à la cage. Mais Milord, lui, a continué son chemin. En quelques bonds, il a pris de la distance et tourné l'angle d'une rue au moment où deux voitures surgissent.

Le signor Matteoti, automobiliste correct, respectueux du code, lève légèrement le pied pour laisser le passage à la vieille camionnette brinquebalante qui se présente à sa droite. Puis il s'écrie :

« L'imbécile ! »

Il a beau freiner à mort, il ne peut éviter de heurter par le travers le vieux véhicule qui vient de s'arrêter stupidement au beau milieu du carrefour. Penché par la portière, il hurle :

« Non mais ça ne va pas ! Vous croyez que c'est un endroit pour s'arrêter ? »

Contre toute attente le conducteur de la camionnette ne réagit pas, ne tourne même pas la tête. Il a le regard fixe. Pourtant, il ne paraît pas blessé. M. Matteoti ouvre la portière pour descendre de sa voiture sans quitter des yeux le chauffard qu'il couvre d'injures.

C'est alors que celui-ci se décide enfin à faire un geste, un seul : il lève le doigt, désignant quelque chose devant lui. M. Matteoti tourne la tête, ses yeux s'arrondissent. Il se laisse retomber sur son siège et claque sa portière. Derrière lui, d'autres voitures stoppent, s'empilent, s'entassent, klaxonnent. M. Matteoti passe tout juste la tête par la portière et se contente de leur crier :

« Il y a un lion dans le tournant ! Mais puisque je vous dis qu'il y a un lion dans le tournant ! Enfin, vous ne comprenez pas, c'est clair quoi ! Il y a un lion dans le tournant ! »

Cinq cents mètres plus loin, chez les carabiniers, un sergent s'adresse au caporal :

« Caporal Autori, vite... six hommes... Allez que ça saute ! » Six hommes, enfilant leur veste, leur mitraillette serrée entre les cuisses, s'interrogent mutuellement :

« Quoi ? Qu'est-ce qu'il a dit le caporal ? J'ai mal entendu, les gars...

– Non, non, t'as bien entendu : on va chercher un lion.

– Un lion ?...

– Oui, un lion.

– Tu veux dire un lion... Un vrai lion ?

– Ben oui : un lion, avec une crinière... »

Amato, ses cheveux gras dans la figure, ce qui n'est pas un mal finalement car ils cachent son acné, est un jeune photographe. Quatre à quatre, il descend les escaliers du journal pour réaliser la photo qui le fera peut-être enfin remarquer.

« Tu es sur un coup, Amato ? » lui demande le portier qui bavasse avec des journalistes.

Amato s'engouffre dans sa Fiat minuscule. Il préfère ne rien dire. Il est déjà la cible des railleries de ses camarades : s'il répondait :

« Oui... sur un lion ! » il les entendrait ricaner.

Pendant ce temps, Milord, brave lion pépère à l'allure débonnaire, regarde le flot de voitures stoppées dans le carrefour. Il n'a jamais très bien compris à quoi pouvaient servir exactement ces machines, sinon qu'elles bougent très vite, qu'elles sont lourdes, sans doute dangereuses et que, est-ce voulu ou coïncidence, il y a toujours au moins un homme dedans, ou une femme. Ici, des voitures, il y en a tellement que cela finit par l'inquiéter. Il tourne sa crinière à droite, à gauche et s'avisant que la grande porte de l'hôtel Miramar est ouverte, il entre d'un pas tranquille.

Le concierge de l'hôtel Miramar, heureusement, était seul dans le hall. Il disparaît derrière son comptoir pour s'enfourner à quatre pattes et à reculons, juste derrière, dans le bureau du directeur.

L'hôtel Miramar a la réputation d'être discret et toléré par la police, à onze heures du matin les chambres n'y sont donc pas toutes vides. De sorte qu'il est inutile d'expliquer ce que font la dame et le monsieur qui viennent d'occuper la chambre 110, lorsque le téléphone sonne.

« Allô, chambre 110 ?

– Quoi ! Qu'est-ce que c'est ? » demande l'homme interrompu dans son élan, mais plus surpris que furieux.

– Ici, le portier. Ne sortez pas, il y a un lion dans le couloir ! »

A la chambre 112, c'est plus compliqué : le client éphémère est allemand.

« Allô, chambre 112 ?

– Ya...

– Ici, le portier. Ne sortez pas, il y a... »

Borborygme au bout du téléphone. C'est le portier qui demande au directeur :

« – Zut alors... Comment est-ce qu'on dit " Lion " en allemand ? »

Lorsque Amato, le photographe, jaillit de sa minuscule Fiat, il est refoulé par six carabiniers qui refluent :

« Le lion... où est le lion ?

– Vous, je ne veux pas vous avoir dans les pattes ! s'exclame le sergent.

– Mais où est le lion ? »

Tandis que les carabiniers s'éloignent au petit trot sur le trottoir, un traînard a pitié du photographe :

« Il est sorti par-derrière, il se balade dans les cours. Fais attention ! »

S'il y a un endroit où l'on se sent à l'aise et tranquille quoi qu'il arrive c'est bien dans les toilettes. Sauf lorsque quelqu'un s'acharne à ouvrir la porte.

« Y a quelqu'un ! » s'exclame le signor Ponti d'une voix angoissée.

Mais il a beau, sans quitter le siège, se pencher en avant pour maintenir la porte fermée, celle-ci ne résiste pas à la secousse. Un homme hirsute s'engouffre sans ménagement, sans étonnement ni le moindre mot d'excuse.

« Vous êtes fou ! » veut s'écrier le signor Ponti tendant la main vers le rouleau de papier.

Mais il n'en a pas le temps : la serveuse du restaurant surgit à son tour, suivie d'une femme qui referme violemment la porte et s'évanouit presque sur ses genoux.

« Mais enfin qu'est-ce qui se passe ?

– Chut... Ne bougez pas... murmure l'homme hirsute. Il y a un lion dans la salle. »

Lorsque Amato – le photographe – arrive au restaurant il est refoulé par six carabiniers qui refluent :

« Le lion ? Où est le lion ?

– Encore vous ! s'écrie le sergent. Fichez-moi le camp ! »

Mais le même traînard qui l'a pris en pitié lui crie en se retournant :

« Il est encore sorti par-derrière. Il doit se promener dans les villas. »

C'est alors que surgissant d'une gigantesque

voiture américaine mauve, le beau dompteur nu – en l'occurrence vêtu d'un pyjama – rejoint les carabiniers. « L'Errol Flynn du cirque » s'adresse au sergent :

« Je suis Fio Pascuale, le dompteur.

– Ah ! vous voilà tout de même !... »

Puis s'avisant que le dompteur a les mains vides :

« C'est tout ce que vous avez ? Pas de fouet ? Pas d'arme ? Moi je vous préviens, votre bestiole, au moindre danger, je la descends.

– Mais il n'y a pas de danger !

– C'est vous qui le dites. »

Tandis qu'ils courent côte à côte, le dompteur plaide la cause de son animal. Fio Pascuale est d'origine sicilienne. C'est un solide gaillard d'une quarantaine d'années. Il a une belle tête de gitan, l'œil noir, la peau mate, le cheveu luisant et bouclé. Il a appris tout jeune le métier de belluaire en Amérique du Sud, gagnant le petit capital qui lui a permis d'acheter le groupe de fauves qu'il présente au cirque Dario. Assez exubérant, parlant « avec les mains » il explique :

« Je vous assure que si vous ne faites pas de bêtises, si vous ne lui faites pas peur, Milord est inoffensif. Et puis c'est mon gagne-pain. Il vaut plus d'un million de lires ! »

Les carabiniers courent maintenant dans le jardinet, écrasant les plants de carottes et fauchant les pieds de tomates. Enjambant une barrière, ils aperçoivent le pelage roux, sur lequel le soleil pose une chaude caresse, se glisser entre les pieds de groseilliers.

Sans doute, pour se mettre à l'abri de cette troupe gesticulante, Milord franchit la première porte venue.

« Je vous en prie, surtout ne tirez pas, supplie le dompteur. Je m'en charge. »

Comme les carabiniers hésitent à s'avancer en terrain découvert vers la porte par laquelle Milord a disparu, le dompteur les abandonne. Il marche d'un pas tranquille, bien visible, bien reconnaissable, en appelant :

« Milord... Milord... tout doux Milord... Tout doux... »

Mais voilà qu'entre les plants de groseilliers se faufile Amato le photographe, brandissant son appareil, prêt à prendre tous les risques pour faire la photo de sa vie.

Le dompteur a tout juste le temps d'aboyer :

« Pas de flash surtout ! Pas de flash ! »

Puis il reste figé devant la porte.

« Qu'est-ce qui se passe ? demande le sergent des carabiniers.

— Zut alors, répond le dompteur. Il y a un berceau dans cette cuisine. »

Fio Pascuale se glisse à son tour dans la pièce, en continuant sa litanie :

« Tout doux, Milord... Tout doux... »

L'énorme bête dont la crinière dépasse de soixante-quinze centimètres le haut de la table, évolue avec précaution et s'arrête pour flairer le berceau.

Aussi incroyable que cela paraisse : il y a un bébé dans cette cuisine; ils sont chez Mme Zelli. Le mari est à son travail, elle fait ses courses. Fio Pascuale se retrouve donc dans cette pièce minuscule avec un lion et un bébé de trois mois.

La petite Carla regarde sans étonnement l'énorme mufle de l'animal, ses petites mains essaient d'attraper ses moustaches.

« Tout doux, Milord... Tout doux... »

Le dompteur n'est pas fier. Milord est un brave

homme de lion et un bel artiste, mais c'est quand même un fauve. Dans sa cage le dompteur fait de lui ce qu'il veut. Sous son regard il ne bronche pas. « L'Errol Flynn du cirque » sait avoir l'œil dominateur qu'il faut dans ce métier et ne le craint pas. Il leur arrive même de lutter corps à corps et si parfois Milord l'allonge d'un coup de patte, c'est sans le vouloir et sans mauvaises intentions.

Seulement, Milord vient de rompre avec sa routine habituelle. Il devient difficile de prévoir ses réactions avec certitude. A cause du bébé, le dompteur ne peut pas prendre de risques. Alors, il commence à lui parler gentiment :

« Allons, viens Milord... Viens mon gros... Viens... Allons, tu m'entends ? Je te dis de venir... »

L'animal l'écoute en regardant le bébé mais ne paraît nullement disposé à s'en aller. Et un lion ce n'est pas un fox-terrier. Pas question de passer une ceinture autour de ses cent trente-cinq kilos.

C'est alors que le lion et l'homme tournent la tête ensemble : deux canons de mitraillette se sont glissés par la porte ouverte : celle du sergent et du caporal des carabiniers, inquiets, qui, surmontant leur appréhension, viennent aux nouvelles.

« Vous ne pouviez pas rester là-bas non ? » grogne le dompteur.

L'œil horrifié du sergent s'arrondit au ras du chambranle.

« Eloignez le berceau ! dit-il. On va l'abattre.

– Jamais de la vie. Et puis vous croyez que cela va se passer comme ça ? Si vous ne l'avez pas du premier coup, il va tout ficher en l'air. »

Mais le canon de la mitraillette bouge, suivant les mouvements du fauve qui se retourne, se dresse sur les pattes de derrière pour s'appuyer sur l'évier.

« Tu as soif, Milord ? » dit le dompteur.

Et il fait jaillir du robinet un jet vigoureux sous lequel le lion allonge une langue large comme deux mains.

Dans son berceau, la petite Carla, furieuse sans doute d'avoir perdu le gros lion, se met à hurler. Pour le sergent des carabiniers il y a franchement de quoi perdre les pédales. Heureusement, « l'Errol Flynn du cirque » lui, garde son sang-froid.

Après une longue discussion d'une voix faussement désinvolte, il obtient que deux des carabiniers aillent au cirque Dario pour chercher un sabot (c'est le nom de ces cages individuelles et minuscules qui servent au transport des fauves).

Puis au sergent qui lui passe à sa demande une mitraillette, il jure d'abattre Milord au premier geste inquétant.

Après quelques minutes qui semblent longues, à travers les barrières renversées et les salades écrasées, le « sabot » est amené à bras d'hommes dans le petit jardinet.

« Tout doux, Milord... tout doux... »

Le dompteur qui s'est glissé derrière son lion le pousse vers la sortie. Le « *sabot* » n'est qu'à quelques mètres, porte ouverte...

Mais Milord – encore dans l'ombre de la cuisine – hésite à sortir. Le mufle levé, il sent l'odeur des carabiniers camouflés tant bien que mal tout autour.

C'est alors que surgit, blême de peur mais plus que jamais décidé à faire la photo de sa vie, Amato le photographe. Comme ces jeunes aficionados qui traversent l'arêne en courant, il se précipite dans le jardin, s'arrête une seconde, le temps d'appuyer sur le déclencheur. Mais il veut avoir dans sa photo : le lion, le dompteur et surtout le berceau, et la cuisine est sombre.

Devant l'éclair du flash, Milord affolé choisit la fuite en avant, c'est-à-dire qu'il va se jeter sur le photographe. Pour le tuer? Probablement pas. Plutôt pour le bousculer et s'enfuir. On ne le saura jamais. Et de toute façon, il est trop tard : de tous les coins du jardinet les mitraillettes se sont mises à crépiter.

PRESCIENCE

Une fois de plus le néon du couloir se reflète sur le crâne chauve du chef comptable de l'administration centrale des chemins de fer, tandis qu'il passe gravement devant la cloison vitrée de Lionel Grady, inspecteur de ces mêmes chemins de fer. Chaque fois que le chef comptable s'attend à voir la longue silhouette racée de ce technocrate de trente-trois ans, s'apprêtant à rendre le petit salut qu'il lui fait chaque matin en inclinant cérémonieusement la tête. Le chef comptable sait très bien que l'inspecteur Grady se moque de ses manières pompeuses et sévères. Il en est ainsi des traditions : même désagréables elles deviennent indispensables. Aussi, comme pour la quatrième fois, il n'entrevoit que le bureau vide où trône la forme massive d'un énorme coffre-fort, le chef comptable s'inquiète.

« Vous savez où est Lionel Grady? »

La rouquine qui sert de secrétaire à l'inspecteur, se vernit les ongles, ses longues jambes maigres allongées devant elle.

« Je n'en ai pas la moindre idée. »

Après avoir soufflé quelques instants sur le vernis de ses ongles, elle se décide enfin à composer un numéro de téléphone.

« Allô... madame Grady ?
– Oui, répond la voix un peu cassée d'une vieille dame.
– Bonjour, est-ce que M. Grady est là ?
– Non... Vous savez bien que mon fils est en voyage.
– Ah !... Ma foi je ne savais pas. »
La rouquine légèrement étonnée se tourne vers le chef comptable :
« Il est en voyage », dit-elle.
Le chef comptable pâlit de la pointe du nez jusqu'au sommet de son crâne chauve, s'empare de l'écouteur, tandis que Mme Grady paraît s'énerver au bout du fil.
« Mais enfin miss, vous devez savoir que la compagnie l'a chargé de faire une enquête.
– Où çà ?
– Mais à la frontière ! Il y a eu un détournement de fonds à la douane, qui concerne les chemins de fer paraît-il. »
Le chef comptable jusque-là crispé sur l'écouteur arrache le combiné des mains de la secrétaire.
« Bonjour madame, c'est le chef comptable à l'appareil. Cette histoire d'enquête ne tient pas debout. A quelle heure votre fils est-il parti ?
– Mais il n'est pas parti ce matin. Il est parti vendredi soir.
– Vendredi soir ? Et quand revient-il ?
– Je ne sais pas. »
Cette fois, des gouttes de sueur brillent sur le crâne chauve du chef comptable.
« Vous ne savez pas s'il a emmené les clefs ?
– Quelles clefs ?
– Les clefs du coffre ! Parce que d'habitude, enfin il faut deux clefs pour ouvrir le coffre : la sienne et la mienne. Et ce matin je ne trouve pas

la mienne. Je crains qu'il ne l'ait emportée par erreur.

— Il ne m'en a pas parlé, monsieur.

— Mais ce n'est pas possible! Il sait bien que tous les lundis, en fin de matinée, les convoyeurs viennent chercher la recette.

— Ecoutez, monsieur, je vais voir dans l'entrée. Il y a une coupe sur la commode. C'est là que nous mettons toutes les clefs.

— Vite, alors madame, vite. »

Et le chef comptable lève les yeux au ciel : les clefs du coffre de l'agence centrale des chemins de fer, dans une coupe dans l'entrée de l'appartement de Mme Grady! A portée de la main de n'importe qui!

« Allô! fait la voix de la vieille dame un peu essoufflée au bout du fil.

— Vous les avez?

— Je pense que c'est ça. Deux clefs que je ne connais pas. Une plate et une ronde. Elles sont toutes biscornues.

— Ouf! »

Le chef comptable s'est laissé tomber un instant sur le siège de la secrétaire. Mais il se relève comme s'il venait de s'asseoir sur un semis de punaises lorsqu'il entend Mme Grady ajouter :

« J'allais partir monsieur. Alors si vous voulez venir les chercher maintenant, je les pose sous le paillasson.

— Sous le paillasson? Mais jamais de la vie! Et puis les convoyeurs viennent vers onze heures trente. Il faut que je fasse les bordereaux. Je n'ai pas le temps de venir les chercher, l'aller retour ce sera trop long. Il faut me les apporter madame. Vous sautez dans un taxi et vous me les apportez.

— Un taxi? Jusqu'à la gare! Mais qui va payer?

– Mais madame ce n'est pas le moment de discuter, votre fils a commis une faute grave.
– Bon j'arrive », maugrée la vieille dame.

Trente-cinq minutes plus tard, la charmante vieille dame aux yeux bleus, au visage encore lisse bien que semé de taches de rousseur, surgit dans le hall du troisième étage de l'administration des chemins de fer, la note du taxi à la main.

« C'est cher, soupire-t-elle, mon Dieu que c'est cher. »

La secrétaire de son fils, la rouquine aux jambes maigres, se retourne vers une demi-douzaine de graves chefs de service dont les visages semblent particulièrement sévères.

« C'est Mme Grady », dit-elle simplement.

Du groupe se détache le comptable au crâne chauve, la main tendue, qui sans même la saluer lui demande :

« Les clefs ! Vous avez les clefs ! »

Laissant la vieille dame plantée au milieu du hall ces messieurs s'engouffrent dans le bureau de l'inspecteur Lionel Grady.

A travers la cloison vitrée, la mère de celui-ci les voit se précipiter vers le coffre. Le chef comptable penche son crâne chauve pour introduire d'une main légèrement tremblante les deux clefs dans les serrures. Cela fait, il compose le numéro de la combinaison et tire vers lui la lourde porte.

Dans le hall, la vieille Mme Grady comprenant qu'il s'agissait bien des bonnes clefs ne se soucie plus que d'une chose : sa note de taxi.

« C'est vous qui me remboursez ? » demande-t-elle à la rouquine secrétaire.

Mais celle-ci n'a d'yeux que pour les hommes qui dans le bureau de l'inspecteur n'ont pas fait un geste. Ahuris, ils regardent tous l'intérieur du coffre-fort et la mimique du chef comptable est expressive.

« C'est vous qui me remboursez ma note de taxi ? » demande une fois de plus Mme Grady.

La secrétaire agacée s'apprête à lui répondre que ce n'est pas le moment de demander le remboursement d'une note de taxi alors que son fils vient de vider le coffre de l'administration des chemins de fer. Mais devant l'air candide de la vieille dame, la rouquine se maîtrise :

« Ecoutez madame nous en reparlerons. Je crains que ce ne soit pas le moment. Il se passe des choses graves ici. »

La vieille dame tourne de nouveau les yeux vers le bureau de son fils. Le chef comptable vient de prendre une enveloppe qui devait être bien en vue dans le coffre, posée sur les dossiers. Cérémonieusement, il la tend au grand chef des chefs de service pour que celui-ci, les sourcils froncés, l'ouvre et la lise. Ce qu'il fait à haute voix, devant ses subordonnés dont les visages se figent dans une expression stupéfaite avant de se diriger vers la pauvre Mme Grady. L'un d'eux, le plus sévère de tous passe la main sur ses cheveux en brosse, sort du bureau et vient à elle.

« Voulez-vous me suivre, madame ? Je suis le chef du contentieux. Je voudrais vous poser quelques questions.

— A propos de mon fils ?

— Oui madame. »

En tant que chef de service, le directeur du contentieux a droit à un bureau à deux travées, un coin salon avec lampadaire, une eau-forte représentant l'inauguration d'un célèbre pont de chemin de fer, et une double porte avec capitons verts.

« Asseyez-vous madame. »

Manifestement embarrassé, il passe et repasse la main sur ses cheveux en brosse.

« Quand pensez-vous revoir votre fils, madame Grady ?

– Je ne sais pas. Il ne me l'a pas dit et je suis sans nouvelles de lui depuis vendredi. Mais dites-moi monsieur, je vous en prie, qu'est-ce qui se passe ?

– Il se passe, il se passe, que nous sommes très ennuyés, je n'ai pas de bonnes nouvelles à vous donner.

– Mais parlez monsieur, qu'est-ce qu'il y a ? Lionel a fait une bêtise ?

– Oui madame. Il a vidé le coffre de la compagnie. Environ deux millions de francs. Toute la recette du week-end.

– Vous êtes sûr ? » Et les yeux bleus de la vieille dame demeurent incrédules.

« Absolument. Il l'avoue lui-même dans une lettre qu'il a laissée dans le coffre.

– Montrez-moi cette lettre, je vous dirai si c'est son écriture.

– C'est-à-dire que... Je ne peux pas vous la montrer.

– Pourquoi ?

– Parce que euh... de toute façon, je ne l'ai pas, monsieur le directeur l'a gardée.

– Mais enfin, monsieur, si mon fils a écrit une lettre aussi grave, j'ai le droit de savoir ce qu'il y a dedans.

– Mais oui, madame, vous la lirez, mais plus tard. Pour le moment il faut que vous répondiez à mes questions. Votre fils vous a-t-il paru normal ces temps-ci ?

– Oui, bien sûr.
– Il n'était pas malade ?
– Non.
– Un peu abattu peut-être ?
– Je n'ai pas remarqué.
– Est-ce qu'il était amoureux ?
– Il ne m'a rien dit. Mais Lionel ne me dit pas tout.
– Cette histoire d'enquête à la frontière est un mensonge. Vous ne savez vraiment pas où il est ?
– Mais non, monsieur. »

Cette fois, les lèvres de la vieille dame commencent à trembler, ses yeux deviennent brillants, elle gémit :

« Mon Dieu, mon Dieu qu'est-ce qui nous arrive.
– Vous ne savez pas si votre fils a été voir des médecins ces derniers temps ? »

Mme Grady qui ne peut plus parler secoue négativement la tête.

« Vous avez un médecin de famille ? »

La vieille dame de plus en plus affolée acquiesce.

« Vous avez son adresse ? »

Elle ouvre un petit sac noir en lézard dont les écailles usées rebiquent pour en sortir un répertoire qu'elle tourne dans tous les sens :

« Excusez-moi : je ne sais plus où sont mes lunettes... tenez cherchez vous-même : docteur Heckman. »

Lorsqu'il a pris note de l'adresse, le chef du contentieux se lève et reconduit la vieille dame vers la porte.

« Maintenant madame, vous allez rentrer chez vous et ne vous faites pas trop de souci. Après tout, nous ne sommes encore sûrs de rien, je vous appellerai dès que j'aurai des nouvelles. »

Puis il regarde la petite silhouette, qui a sorti un mouchoir de sa poche, légèrement titubante s'éloigner dans le couloir. Il grogne :

« Quelle histoire! Non mais quelle histoire! »

Le chef du contentieux est maigre, sec et raide. Le docteur Heckman est blond, rond, aussi difficile à saisir qu'une savonnette.

« Non vraiment... Vous comprenez, je suis tenu à un minimum de secret professionnel.

– Je comprends mais dans certains cas vous pouvez consentir une entorse à cette règle, cette fois-ci notamment. D'ailleurs, je vais vous faire lire la lettre que nous avons trouvée dans le coffre. »

Le chef du contentieux sort de son portefeuille un papier plié en quatre.

« Tenez... C'est une photocopie... A mon tour, je vous demande d'observer pour le moment toute la discrétion sûr cette affaire... Vous reconnaissez son écriture? »

Le docteur hésite et lit :

« Je suis un homme malade. Mon médecin ayant constaté que je souffre d'une tumeur au cerveau, je me suis adressé à différents spécialistes. Ceux-ci m'ont dit qu'elle n'était pas opérable. A travers leurs déclarations embarrassées j'ai compris que cette maladie incurable ne me laissait plus qu'un an ou deux à vivre. Depuis, je traîne une angoisse affreuse. J'ai trente-trois ans, je n'ai fait que travailler sans jamais profiter de la vie. J'ai pris cet argent pour jouir pleinement des quelques mois qui me restent. Je n'ai rien dit à ma mère. Elle ne sait pas que je suis malade. Je vous prie de ne pas lui révéler la vérité. Pardonnez-moi les ennuis que je vous cause. » Et c'est signé : « Lionel Grady »

Le toubib est bien embarrassé.

« Comprenez, docteur, s'il est vraiment malade, j'essaie de retrouver cet homme par des moyens discrets afin de récupérer l'argent. Mais si c'est faux je préviens la police. Le pire ce serait qu'on le traîne de la prison au tribunal devant sa mère même avec un cancer au cerveau.

– Ecoutez... dit enfin le docteur, la seule chose que je puis vous dire sous le sceau du secret, c'est qu'il souffrait de la tête. Après l'avoir examiné, j'ai été pris d'un léger doute, très léger, aucune certitude. Je lui ai conseillé d'aller consulter le professeur Sherman. Il y a de cela une quinzaine de jours. Depuis, je ne l'ai pas revu.

– Et le professeur Sherman ne vous a rien dit ? C'est normal ?

– Non. Si Sherman l'avait vu et s'il avait constaté une tumeur au cerveau, il m'aurait certainement prévenu.

– Donc, selon vous c'est probablement du bidon... C'est aussi notre avis. Appelez quand même ce professeur Sherman. »

Mais le professeur Sherman qui aurait dû faire le diagnostic affirme n'avoir jamais vu ce soi-disant malade.

Si la compagnie des chemins de fer ne se décide pas encore à porter plainte officiellement, son enquête progresse. Elle établit que le vendredi Lionel Grady a quitté la ville. Que le lendemain il était à Paris où l'on retrouve sa trace dans deux boîtes de nuit à Pigalle où il a dépensé beaucoup d'argent. Le lundi, il prenait l'avion et atterrissait à Nice pour n'y rester que trois heures, le temps de déjeuner au champagne à l'aéroport et de prendre un taxi qui l'emmenait à Monte-Carlo.

C'est donc là que le chef du contentieux de la compagnie des chemins de fer, grand, sec et raide, accompagné d'un détective privé trottinant sur des chaussures éculées débarque quinze jours après le vol pour demander au portier de l'hôtel Hermitage :

« Monsieur Lionel Grady, s'il vous plaît. »

Le concierge consulte son fichier :

« Chambre 115. »

Ainsi donc, l'inspecteur des chemins de fer n'a même pas pris la précaution de changer de nom.

Il est dix heures du matin, lorsque Lionel Grady en pyjama, ouvrant la porte, se trouve nez à nez avec son collègue.

« Qu'est-ce que tu fais là !

– Tu le demandes ?

– Ah ! bon... entre. »

Mince, racé, élégant dans son pyjama de soie tout neuf Lionel Grady sourit tristement :

« Eh bien, ça n'aura pas duré longtemps.

– Tu t'imaginais qu'on allait te laisser filer avec la recette d'un week-end ? »

Naïvement, Lionel Grady avoue qu'il pensait que ses collègues auraient pitié de lui le sachant condamné.

« Vous n'avez rien dit à ma mère, j'espère ? »

Le chef du contentieux fait « non » de la tête en le regardant d'un œil torve.

« Le professeur Sherman ne t'a pas vu. Qui t'a dit que tu avais une tumeur au cerveau ?

– Personne. Je me suis fait faire une radio et malheureusement elle est éloquente. »

Devant le directeur du contentieux éberlué, il sort une radio de sa valise et la place dans un rayon de soleil.

« Regarde cette ombre... Le radiologue n'a rien voulu me dire mais j'ai vu qu'il fronçait les sourcils en la voyant.

– Une ombre?... Quelle ombre... Où tu vois une ombre?... Tu te moques de moi! »

Au cours du procès qui a lieu trois mois après l'arrestation de Lionel Grady, le professeur officiellement chargé de l'examiner déclare :

« Indiscutablement, tous les spécialistes qui ont examiné la radio que s'est fait faire l'accusé se sont déclarés incapables d'y discerner la moindre trace de tumeur. Alors s'agit-il d'une coïncidence ou d'une prescience de l'accusé, il m'est impossible de vous le dire. Mais les examens auxquels nous avons procédé depuis et des radios toutes récentes confirment cependant la présence d'une tumeur cancéreuse. Toutefois, nous espérons pouvoir l'opérer avec des chances de succès. »

Le procureur arguant qu'un délit est un délit, que la mort de l'accusé n'est pas certaine et qu'au surplus il n'était pas condamné par la médecine lors de son méfait, demande qu'une peine lui soit appliquée. Mais considérant qu'il n'a eu le temps de dépenser que le dixième de la somme volée, il réclame une peine de principe : un an de prison.

« Afin, conclut le procureur, qu'il puisse dans le pire des cas passer les dernières semaines de sa vie près de sa mère. »

L'avocat de la défense réclame, lui, la liberté immédiate de son client :

« Qu'il se soit " cru " condamné ou " su " condamné, messieurs les jurés, le résultat n'était-il pas exactement le même? Une panique, une angoisse et un désir après tout légitime de vivre intensément. Quitte à prendre quelques millions dans ce coffre : une goutte d'eau dans les milliards que la compagnie des chemins de fer perd chaque année et pour lesquels on ne jette pas les responsables en prison. »

Au tour des jurés, cette fois, d'être bien embarrassés.

Finalement, ils rendront un verdict minimum : trois mois de prison, avec sursis.

Le lendemain, à la sortie de la prison une vieille dame aux yeux bleus dans un visage plein de taches de rousseur attend Lionel Grady. Une vieille dame dans les bras de laquelle il mourra deux ans plus tard, après une opération inutile.

ALLONS VIENS, MARIO... VIENS

En 1930, Sante-Erasmo est le quartier de Naples le plus minable, le plus grouillant, et dans Sante-Erasmo, la boulangerie de la famille Alboni est la plus pauvre. Elle assure tout juste le pain du père, de la mère et de leurs deux enfants qui vivent entre des murs humides où se colle dans l'ombre la farine des sacs crevés par les rats. A un an d'intervalle, le père et la mère meurent, délabrés avant l'âge.

Par deux fois, Carmela, la fillette de dix ans et Mario qui en a sept suivent donc à travers Naples jusqu'au cimetière, le cortège des quelques amis et parents qui ne vont même pas jusqu'au bout.

Après la cérémonie, la brunette en robe de coton noir prend par la main son petit frère en culotte courte qui renifle ses larmes :

« Allons viens, Mario... Viens... »

A dix ans, donc en 1931, Carmela se retrouve chez une tante avec Mario. Chacun s'apitoie de la voir abandonnée et triste avec son frère qui semble renifler toujours d'éternelles larmes.

Dans un bar minuscule, teint de vin rouge et de nicotine, mais dont elle est propriétaire, la tante depuis vingt ans attend un mari. C'est justement le moment qu'elle choisit pour se marier car à Naples, lorsqu'on est propriétaire, on finit toujours par trouver un époux. Alors, Carmela prend son petit frère par la main, encore une fois :

« Allons, viens Mario... Viens... »

Les deux enfants s'endorment ce soir-là chez un cousin célibataire et chauffeur de taxi. A douze ans, Carmela fait sa vaisselle avec soin, repasse la chemise, la seule chemise dont les poignets et le col sont toujours bien blancs et raides d'amidon. Mario fait les courses et lave par terre. Sans doute, le chauffeur de taxi a-t-il découvert grâce à eux l'agrément d'avoir une maison en ordre car, pour les remercier, il se marie à son tour.

« Allons viens Mario... Viens », dit encore Carmela.

Une dame, voisine un peu folle qui ramasse tous les êtres vivants errants dans le quartier, va les prendre chez elle avec ses trois chiens et ses quinze chats pelés, édentés, griffus, grondants, miaulants, rampants ou accrochés aux rideaux. Quinze chats, trois chiens plus deux enfants de quatorze et onze ans, sont chers à nourrir; Carmela et Mario se retrouvent devant la porte de la maison à l'heure où dans les rues désertes passent les arroseuses...

« Allons, viens Mario... Viens... »

C'est à cet instant que va se joindre à eux le troisième personnage de l'inséparable trio héros de cette histoire.

Comme dans les contes de fées et les romans-photos un jeune homme passe. En fait, cela n'a rien d'extraordinaire, un jeune homme finit toujours par passer.

Dans la rue où le soleil fait monter des caniveaux la pittoresque puanteur tant recherchée par les touristes, le jeune et gentil Giacomo, vingt ans et tout sourire, voit les deux jeunes gens, car on ne peut plus parler d'enfants, suivre le trottoir. D'une main, Mario porte un balluchon qui lui bat les jambes et de l'autre tient la main de Carmela, à qui un début de vie idiote n'empêche pas d'être jolie et d'avoir les yeux clairs.

Il les suit et les suit si bien que finalement c'est lui qui les emmène. A vrai dire, il se serait contenté d'emmener Carmela. Mais celle-ci n'a pas lâché la main de son frère :

« Allons viens Mario... Viens... »

Il faut bien qu'ils aillent quelque part n'est-ce pas ? Alors, ils traversent Naples et sur une petite place où sous les arbres se tient un marché, derrière les tas de légumes et les galoches suspendues en grappes, le frère de Giacomo, qui est coiffeur ambulant, les regarde avec des yeux ronds venir à lui.

Ils vont rester six mois tout en haut de la ville, là où les bruits parviennent à peine, sous le toit, sous la tuile, sous le soleil de Naples. Carmela est jolie, Giacomo est gentil et Mario voit bien qu'ils s'aiment sans oser le dire. D'ailleurs, ils n'en ont pas le temps. Le 10 octobre 1935 la guerre d'Abyssinie éclate et Giacomo s'en va.

C'est une image déjà vue en d'autres histoires : ce visage de jeune fille coincée dans les barreaux des grilles interminables qui entourent impitoyablement le port de Naples. Giacomo attend sur les quais, le fusil au pied, un beau calot à pompon sur la tête. Il monte la passerelle d'un bateau, le fusil sur l'épaule et le beau calot à pompon sur la tête, ce maudit calot qu'elle va voir sur sa tête pendant tant et tant d'années...

« Allons, viens Carmela... Viens... »

Et Mario entraîne sa sœur loin des grilles.

C'est tout juste si Carmela et Giacomo vont s'écrire quelques lettres qui, toutes, seront lues par Mario. Est-ce pour cela ? Par pudeur ? Jamais ils ne se disent qu'ils s'aiment. Qu'est-ce que ça peut faire ? Cette guerre idiote va finir, il faut bien qu'elle finisse et il reviendra.

Hélas ! la guerre d'Abyssinie dure trois ans, juste le temps que la grande guerre éclate et que Giacomo ne revienne pas. Cette nouvelle guerre ils la font chacun de leur côté : Carmela et Mario crevant de faim et Giacomo crevant de chaleur dans le désert. Carmela et Mario recevant le toit de la maison sur la tête et Giacomo prisonnier derrière les barbelés. Carmela et Mario réfugiés dans des caves avec des milliers et des milliers de sang-logis napolitains et Giacomo déporté aux Indes.

Et puis un petit jour gris et brumeux, Carmela et Mario, de derrière les grilles qui emprisonnent depuis des siècles le port de Naples, voient descendre d'une passerelle, sans fusil, et son calot tout flasque sur la tête, un Giacomo si changé qu'ils hésitent à le reconnaître. Giacomo qui traverse le quai lentement, son regard parcourant la foule et qui brusquement s'élance vers Carmela. Il l'étreint à travers les barreaux sans dire un seul mot.

Quelques instants plus tard, Giacomo découvre Mario qu'il avait jusqu'alors oublié.

« Salut Mario.

– Bonjour Giacomo.

– Dis donc Mario... Tu as bien changé... »

C'est vrai, à vingt et un ans, sous un nez qui semble toujours renifler d'éternelles larmes, il essaie de faire pousser une petite moustache pour donner plus de virilité à son visage trop fragile et trop fin.

Lorsque Giacomo et Carmela s'éloignent bras dessus, bras dessous, celle-ci, un moment se retourne :

« Allons, viens Mario... Viens... »

A cet instant, sans doute, lorsque Mario boudeur les rejoint, tous les éléments qui vont faire de cette banale histoire un drame se mettent définitivement en place.

Giacomo et Carmela se considèrent comme fiancés. Pour se marier Giacomo et Carmela doivent avoir un travail. Ils ne sont pas difficiles bien sûr, pas prétentieux, un petit travail ferait l'affaire à condition qu'il soit stable.

Giacomo, depuis les camps de concentration où il a passé des années, sait un métier inattendu : il est cuisinier. Il explore les restaurants de luxe où l'on fait de la si bonne cuisine et les gargotes des ruelles sombres où tout ce que l'on mange a un goût douteux.

Alors, ils cherchent et s'obstinent longtemps. Ils attendent depuis tant d'années qu'ils ne sont plus à quelques mois près. D'ailleurs, pour Carmela la vie n'est qu'une longue patience. Même si c'est la plus difficile, elle préfère suivre la route la plus droite vers le bonheur et que celui-ci soit définitif et total.

Ils se voient de temps en temps, lorsque Giacomo revient de Milan, de Rome ou de Gênes après avoir travaillé quelques semaines. Et puis un jour, après deux années, Giacomo fait irruption dans le dédale des caves où vivent encore, en 1947 et où vivent toujours en 1980 les pauvres gens de Naples.

« Ça y est, Carmela ! Ça y est ! »

Il est tout retourné, à la fois rouge et blême.

« J'ai un travail, un travail sensationnel cette fois ! »

Tandis qu'on l'entoure, qu'on le presse, il montre à Carmela un papier qu'elle peut à peine lire tant il tremble dans sa main. D'exubérant, le voici solennel :

« Disons plutôt que c'est un travail sérieux et durable.

– C'est un contrat ?

– Oui, c'est un contrat. »

Et le bruit se propage de cave en cave :

« Giacomo a un contrat ! Giacomo a un contrat...

– Un contrat de cuisinier ? demande Mario.

– De chef-cuisinier ! Tu te rends compte : chef-cuisinier !

– Mais où ça ?

– En Angleterre, dans un hôtel.

– Tu commences quand ?

– Tout de suite. Enfin dans quinze jours.

– Et tu pars quand ?

– Demain. Je pars demain. »

Puis il prend Carmela par les épaules et la secoue :

« Mais non, Carmela il n'y a pas de quoi pleurer. Tu vas venir me rejoindre, très vite. Le temps que j'ai gagné l'argent de ton voyage...

– Il faudra combien de temps ?

– Je ne sais pas, deux mois, trois mois... »

Le lendemain, à la gare de Naples, lorsque le train disparaît à leur vue, Carmela et Mario se retrouvent seuls.

« Allons, viens Carmela... Viens... »

Au Queen's Hotel sous les panaches de fumée qui tressent dans le ciel une écharpe noire, entre les murs de briques de Barnslay dans le comté d'York, Giacomo prépare la venue de Carmela. Bien entendu ce n'est pas aussi facile que prévu. Et les mois passent. L'argent ne suffit pas : il y a aussi la loi. Et la loi anglaise veut qu'ils soient mariés pour que Carmela puisse venir le rejoindre en Angleterre.

Au mois de février, la jeune femme reçoit les papiers de Giacomo pour qu'ils puissent se marier par procuration. Elle qui a tant souhaité, tant rêvé ce mariage, se marier par procuration ! Un mariage de signatures ! Mais qu'importe, la loi le veut ainsi. Vive la loi !

Le 20 février Carmela devant témoins explique à Mario :

« Ça va être merveilleux Mario, Giacomo vient de louer une petite maison : quatre pièces ! Tu te rends compte ? Avec une entrée, une salle de bains et, je te le donne en mille... allons donc, tu ne devineras jamais... un petit jardin ! »

Mario ne répond rien. Depuis quelque temps, il ne partage plus l'enthousiasme de sa sœur. Simplement comme lorsqu'il était enfant, il renifle d'éternelles larmes.

« Allons... Mario ! Ne fais pas cette tête-là. Tu viendras nous voir. Tu viendras chaque fois que tu voudras. »

Carmela, patiente, soumise et silencieuse depuis quinze ans, le 26 février, jour extraordinaire de ce fameux mariage par procuration, qui est tout de même un mariage, montre sa joie à tout le monde dans la plus belle des caves de Naples toute emplie de roses.

Personne n'est plus traditionaliste que les Napolitains. Giacomo a tout réglé par lettre dans les moindres détails, même le buffet. Il a voulu qu'elle ait des roses et une robe de mariée. Il a demandé à Mario d'acheter deux alliances, l'une que Mario passe au doigt de Carmela et l'autre qu'elle emportera pour la lui remettre en Angleterre.

Et lui-même, au Queen's Hotel, le même jour, à la même heure exactement, organise une petite fête. Il y est photographié en chef de cuisine, personnage important, entouré d'amis.

Carmela, sa femme, reçoit une semaine plus tard la photographie de son mari radieux.

Seuls, quelques documents administratifs séparent encore Carmela de Giacomo.

C'est à Calais, le 27 mai, qu'il viendra l'attendre afin qu'elle lui passe la bague au doigt, qu'ils s'embrassent et que le passé se dissipe en fumée entre la France et l'Angleterre. Pour cela, il envoie l'argent des deux billets. Carmela est heureuse :

« Regarde... Regarde Mario ! Comme il est gentil Giacomo. Je lui avais demandé que tu viennes avec moi. Et il a prévu l'argent de ton retour... »

Car si l'un des billets est un aller simple, l'autre est un aller-retour.

Le 20 mai, les documents, attendus pour le départ, sont là. Le 23 mai Carmela expédie en Angleterre un grand colis contenant la plupart de ses affaires et ses cadeaux de mariage. Rien désormais ne peut plus la séparer de Giacomo.

Le 25 mai, à 16 h 39, elle est avec Mario sur le quai d'où va partir le Naples-Milan, celui qu'on appelle le « Diretissimo ». Tous ses amis se pressent sur le quai, l'embrassent. Les passagers du train – ces voyageurs qui pour Carmela ne sont pas des gens tout à fait comme les autres – regardent avec curiosité sa robe de mariée, une mariée en voyage de noces et dont l'époux n'est pas là. Car l'époux ça ne peut être Mario, ce jeune homme qu'elle traite comme un enfant, le saisissant par la main lorsque le train démarre :

« Allons, viens Mario... Viens... »

Bientôt, il ne reste sur le quai qu'une sorte

d'anémone agitant ses tentacules blanches : le groupe serré des amis qui ont sorti leurs mouchoirs. La gare, chassée par les bouffées de fumée de la locomotive s'enfuit en reculant. Carmela s'assoit sur sa banquette.

« Allons, viens t'asseoir Mario... Viens... »

Et elle regarde tout droit devant elle, vers Calais, vers le bonheur tant attendu.

Le 27 mai 1950 à 16 h 30, Giacomo, trente-quatre ans, chef cuisinier au Queen's Hotel de Barnslay commence à arpenter le quai de la gare de Calais.

Le train qu'il attendait arrive, se vide comme une fourmilière et Giacomo court d'un wagon à l'autre. Il cherche Carmela comme il y a six ans sur le port de Naples.

Bientôt, le quai est désert et Carmela n'est pas là. Ni Carmela ni Mario. Peut-être ont-ils échappé à son regard ? Il court vers la sortie et ne les voit pas. Il s'adresse alors aux employés.

« C'était bien le train qui vient de Milan ?

— Oui et non. Les voyageurs venant de Milan ont dû changer à Bâle.

— Il n'y a pas d'autres trains venant de Bâle ?

— Pas aujourd'hui. »

Il va trouver le chef de gare rogue et moustachu.

« J'attendais ma femme et elle n'est pas là. Est-ce que l'on peut venir de Milan autrement qu'en passant par Bâle ?

— Certainement ! » répond le chef de gare.

A tout hasard, grognant sous sa moustache, le chef de gare décroche le téléphone, se renseigne et conclut :

« Elle a pu passer par Paris ou changer à Mulhouse ou à Berne. Etes-vous sûr seulement qu'elle a pris le train ? »

Giacomo parvient à toucher le seul de ses amis qui à Naples peut être joint par téléphone. Celui-ci confirme :

« Oui, Carmela a pris le train avant-hier à 16 h 39. Elle était en robe de mariée et Mario l'accompagnait. »

Giacomo court au commissariat de police :

« Ma femme était en robe de mariée, explique-t-il aux policiers. Une femme en robe de mariée, ça ne disparaît pas comme ça !

– En robe de mariée ?

– Oui. Nous nous sommes mariés par procuration. Elle venait me rejoindre. Ça fait quatorze ans que nous attendions. »

Le 27 mai 1950 entre Calais et Milan pendant des heures, les téléphones sonnent et les télex crépitent. A chaque halte, on retrouve trace de la robe de mariée. Et chaque piste ramène au train arrivé à 16 h 30 à Calais.

Le chef de train lui-même se souvient l'y avoir vue et les douaniers français ne l'ont pas oubliée.

A vingt-trois heures, Giacomo se laisse tomber sur un banc, sous la verrière obscure où il attend depuis des heures. De loin les employés de la gare se montrent du doigt cet homme qui attend toujours alors qu'il n'y a plus de train ce soir.

Le 27 mai dans la nuit, le mécanicien du train numéro 39, parti le jour même de Calais à vingt et une heures, découvre à Rixheim dans le Haut-Rhin une immense robe blanche trempée de pluie gisant sur la voie ferrée. C'est le cadavre d'une femme en robe de mariée, dont les yeux clairs sont encore ouverts. Elle tient son sac à la main.

Le lendemain, un policier vient remettre à Giacomo le sac de Carmela. Dedans, il y a la dernière lettre qu'il lui a écrite et l'alliance qu'elle devait lui passer au doigt en l'embrassant très fort.

Deux jours plus tard, Mario est retrouvé à Naples, hagard et tenant des discours incohérents. Selon lui Carmela serait tombée du train sans qu'il s'en aperçoive. Après l'avoir cherchée en vain, il serait descendu à Offenburg pour revenir à Naples.

Evidemment, l'histoire ne tient pas debout, et si le commissaire local qui le connaît bien le laisse venir à l'enterrement de sa sœur, il est présent lui aussi et ne le quitte pas des yeux.

Il sait que les blessures que la jeune femme portait à la nuque ont été sans doute causées par le marteau qui sert à briser la vitre où était enfermé l'extincteur du wagon. Il sait que depuis quelques semaines les discussions entre Mario et sa sœur étaient de plus en plus orageuses. Les psychologues estiment qu'il devait éprouver pour Carmela un sentiment fraternel bien sûr, mais aussi filial et probablement incestueux. Ce sentiment si complexe s'est transformé en désespoir puis en jalousie pour devenir de la haine lorsqu'il fut évident que Carmela allait l'abandonner, cette fois de façon définitive. Peut-on perdre à la fois une sœur, sa mère et la femme qu'on désire depuis toujours sans que la raison en souffre ?

La foule se disperse. Il ne reste près de la tombe que Giacomo et son beau-frère en larmes. Le commissaire prend ce dernier par le bras :

« Allons viens Mario... Viens. »

ENTRE 23 H 30 ET MINUIT

La salle d’audience du tribunal est à peu près vide. On va juger ici, pour la deuxième fois, un criminel sans grand intérêt. Condamné à perpétuité pour le meurtre de son patron, Olaf Berens n’a pas attiré la foule avide des grands procès criminels. D’ailleurs, il ne s’agit que d’une répétition du premier procès. Son avocat a réussi à le faire casser pour vice de procédure. Mais un vice de procédure ne change rien à l’affaire.

Dans les journaux du matin, ce jour de janvier 1953, le procès n’occupe que quelques lignes.

« Accusé d’avoir tué le directeur de l’usine où il travaillait, Olaf Berens, qui a déjà fait six ans de prison, comparaît à nouveau devant la Justice. Aucun fait nouveau n’étant apparu, l’homme verra sa condamnation confirmée. Il s’agit, rappelons-le, d’une sombre histoire de marché noir. En décembre 1946, le directeur d’une usine de bonneterie, M. Hern, fut tué d’un coup de feu dans sa voiture, alors qu’il rentrait à son domicile. Une patrouille de police entendit le bruit des détonations à 23 h 30 précises. L’accusé, Olaf Berens, ’était disputé avec M. Hern dans la journée et n’a fournir d’alibi entre 23 h 30 et minuit. La

police a découvert à l'intérieur de l'usine un trafic de marché noir dont il était certainement responsable. »

Voilà, c'est tout.

Olaf Berens attend donc de pénétrer dans la salle d'audience. Grand et mince, le visage volontaire, le regard clair, il écoute patiemment son avocat qui tente, une fois de plus, de le convaincre :

« Croyez-moi, Berens, il vaudrait mieux avouer. Tout est contre vous. Votre système de défense est ridicule !

– Je ne l'ai pas tué je vous l'ai dit, si vous ne me croyez pas, inutile de me défendre.

– Ne dites pas de bêtise. Si j'insiste c'est pour une raison simple : les jurés comprendraient mieux. Admettez que vous avez tiré sur votre patron dans un moment de colère, parce que vous n'étiez pas d'accord. Si vous admettez seulement ça... la peine peut être ramenée à vingt ans, je m'en fais fort.

– Je ne l'ai pas tué, je vous le répète depuis six ans ! Et je ne faisais pas de marché noir...

– D'accord, Berens, j'ignore ce que vous me cachez mais attendez-vous à une condamnation à vie dans ce cas. Le tribunal va se contenter d'entériner le premier jugement.

– Je ne vous cache rien.

– Si ! Ne me redites pas que vous étiez avec votre femme entre 23 h 30 et minuit ! Qu'est-ce que vous espérez d'un alibi pareil ? Elle le confirme, d'accord, mais ça n'a pas de valeur, vous le savez bien, elle-même est incapable de préciser les heures, elle est aveugle !

– Elle en est capable. Elle me fait confiance, elle !

– Mais c'est un argument qui se retourne contre vous Berens! C'est vous qui lui avez dit en rentrant qu'il était 23 h 30! Et il n'y a chez vous aucune pendule, aucune sonnerie qui ait pu le lui confirmer, vous le savez!

– Elle a parfaitement la notion de l'heure, les aveugles ont un sens pour ça...

– A trente minutes près? Et justement les trente minutes de votre alibi? C'est ridicule. Je vous en prie Berens, suivez mes conseils, et nous aurons vingt ans, au lieu de la perpétuité.

– Non! »

L'avocat, un petit homme nerveux, tape du pied rageusement. Son client est stupide! Et il va perdre le seul avantage qu'un vice de procédure insignifiant vient de lui offrir : la possibilité d'être rejugé, ce qui n'est pas donné à tous les assassins.

Reste à savoir si Olaf Berens est un assassin qui s'obstine à mentir, ou un innocent qui n'a pas de chance.

Le déroulement de cette audience de janvier 1953, dans une petite ville d'Allemagne, réserve en tout cas une surprise au maigre public qui va la suivre, car l'affaire est apparemment sordide et sans grand intérêt.

Olaf Berens a quarante ans en 1953. Six ans de détention l'ont profondément marqué. Son visage mince s'est encore creusé et il s'assied avec lassitude sur le banc qui lui est réservé, entre ses deux gardiens.

Pendant cinq longues minutes, il écoute, le visage penché sur ses mains croisées. Il écoute le président du tribunal rappeler les faits.

Tous les détails juridiques, les précisions, les

formules alambiquées, ne réussissent pas à compliquer une affaire aussi simple.

Un homme, Ralph Hern, rentrait chez lui en voiture. Arrivé devant son domicile, et avant même qu'il ait eu le temps d'ouvrir la portière, une balle de revolver l'atteignait en plein visage.

Attendu que Olaf Berens prétendait simplement être rentré chez lui à cette heure-là, et que seule son épouse pouvait le confirmer;

Attendu que cette épouse ne pouvait pas être un témoin valable selon la loi, et encore moins du fait qu'elle est aveugle;

La question est :

« Olaf Berens où étiez-vous à 23 h 30 le 7 décembre 1946 ? »

Olaf Berens se lève. Sa haute silhouette amaigrie dépasse les deux gardiens d'une bonne tête, et il répond d'une voix cassée :

« J'arrivais chez moi.

– Précisez ! Quelle heure selon vous était-il exactement ?

– Je ne peux pas le dire à quelques minutes près.

– Mais vous persistez à dire qu'il était entre 23 h 30 et minuit ?

– Oui, monsieur le président.

– A part votre épouse, qui peut confirmer cet horaire ?

– Personne, monsieur le président.

– Quel était l'objet de votre discussion avec M. Hern dans l'après-midi ?

– Je n'approuvais pas ses méthodes de fabrication.

– L'avez-vous accusé de faire du marché noir ?

– Oui.

– Vous a-t-il accusé de le pratiquer vous-même ? Et vous a-t-il menacé de renvoi ?

– Oui.

– Aviez-vous des preuves contre lui ?

– Des preuves qui ne concernent que moi, monsieur le président, malheureusement.

– C'est-à-dire ?

– C'est-à-dire que j'ai assisté à des tractations par téléphone, je suis sûr qu'il faisait du marché noir, mais je n'ai que ma parole, il n'y avait personne d'autre.

– Si je comprends bien, il faut toujours vous croire sur parole ? Vous accusez votre directeur, sans preuves concrètes, et vous n'avez pas d'alibi pour l'heure de sa mort ?

– Je ne l'ai pas tué, et à 23 h 30 j'étais chez moi. »

Olaf Berens semble résigné. Il a déjà entendu toutes ces questions lors de son premier jugement. Il a déjà fourni les mêmes réponses. Il est innocent, dit-il, mais impuissant à le prouver.

Malheureusement, on n'a pas retrouvé l'arme du crime. Et malheureusement, cette histoire d'alibi a toujours paru suspecte aux enquêteurs. Suspecte, car dans un premier temps, Olaf a prétendu ignorer l'heure de son arrivée. Puis il a subitement déclaré qu'il s'était souvenu de l'heure, car en rentrant chez lui, sa femme lui avait posé la question.

Anne-Marie Berens, l'épouse, a confirmé. Mais peut-on la croire ? Elle est aveugle.

Cette jolie femme de trente ans était cantatrice à la veille de la guerre. Prise sous un bombardement, elle a eu les yeux brûlés par des éclats phosphorescents. Olaf, qui était au front à ce moment-là, a demandé une permission pour pouvoir l'épouser quand même. De l'avis de tous ce fut un mariage d'amour. Mais l'amour est aveugle, comme Anne-Marie. Et Olaf n'a aucune chance de s'en tirer. C'est alors que son avocat demande la parole :

« Monsieur le président, je désire interroger le témoin Anne-Marie Berens ! »

Avant même que l'avocat ait terminé sa phrase, l'accusé se met à hurler :

« Non ! Non ! Ne l'interrogez pas ! Laissez-la tranquille ! »

Le beau visage aveugle de sa femme s'est tourné vers lui. Anne-Marie Berens est pâle, mais sa voix faible intervient :

« Je désire témoigner, Olaf, tu ne m'en empêcheras pas. »

A ce moment de l'audience, les jurés, et le rare public sont persuadés que cette femme va dire enfin la vérité. Que son mari n'est pas rentré à 23 h 30, mais plus tard. Et donc qu'il est bien un assassin.

Seul, l'avocat a le regard brillant de ceux qui espèrent une autre vérité.

Anne-Marie Berens se lève avec précaution. L'avocat l'aide à gagner sa place à la barre des témoins et le silence se fait. Les jurés sont impressionnés. Un aveugle est toujours impressionnant. Il y a toujours, derrière un regard mort, un mystère insondable pour ceux qui voient. Le témoin est d'autant plus impressionnant qu'il s'agit d'une femme ravissante, brune, aux traits fins et délicats. D'énormes lunettes noires accentuent encore le mystère de ce visage. Le juge lui-même baisse la voix.

« Madame Berens, nous vous entendons pour information uniquement. Vous êtes la femme de l'accusé, et votre témoignage ne pourra être retenu par les jurés. »

Anne-Marie Berens, le visage légèrement penché, ne répond rien. Elle cherche maladroitement à suivre la provenance de cette voix. Lorsque l'avocat s'adresse à elle, elle tourne également la tête dans sa direction supposée.

« Madame Berens, comment pouvez-vous être sûre de l'heure avancée par votre mari ?

– Lorsqu'il est entré, je lui ai demandé l'heure. Il m'a répondu 23 h 30.

– A-t-il dit 23 h 30 exactement ?

– Je crois. Mais ce n'est pas important, j'étais couchée, malade, et Olaf est venu s'installer à mon chevet. Nous sommes restés un bon moment ensemble, puis j'ai entendu sonner minuit.

– Vous étiez très malade ce soir-là, madame Berens ?

– Oui.

– Et vous prétendez pouvoir affirmer l'heure du retour de votre mari ? Comment est-ce possible ? »

Le président jette un regard étonné à l'avocat de la défense. Quel jeu joue-t-il ? Il semble vouloir enfoncer son client davantage, c'est curieux. Imperturbable l'avocat continue.

« Alors, madame Berens ? Répondez. Cette précision semble vous ennuyer ? »

L'aveugle détourne la tête en silence, elle semble chercher son mari, du regard qu'elle n'a pas. Puis se décide :

« Je me souviens très clairement, à cause d'un détail précis. Olaf s'est excusé de rentrer tard, et puis il m'a juré qu'il ne me quitterait jamais, il a ajouté : « Tu sais combien je t'aime. » Une femme se souvient toujours de ces mots-là, monsieur. »

La réponse de Mme Berens n'aurait peut-être pas cette valeur émotive, si elle n'était aveugle.

Les jurés sont impressionnés. Mais son mari brusquement se dresse face à elle, en criant :

« C'est faux ! Ce n'est pas vrai ! Elle ment ! Je n'étais pas auprès d'elle ce soir-là. Je ne lui ai pas dit que je l'aimais ! »

Et sans transition, l'accusé fond en larmes. Il retombe lourdement sur son banc, et cramponne ses mains au-dessus de sa tête.

Le tribunal, les jurés et les rares spectateurs qui viennent d'assister à ce coup de théâtre sont muets d'étonnement. L'avocat, lui aussi, est devenu pâle de saisissement. S'attendait-il à la réaction de son client ? La cherchait-il ? Pourquoi ? Personne ne comprend.

Olaf Berens sanglote toujours sans aucune retenue, et sa femme l'écoute en silence, droite, sans un geste. Elle attend qu'il se calme un peu, puis de sa voix faible s'adresse à lui :

« Pourquoi ne veux-tu pas reprendre ta liberté, Olaf ? Pourquoi nies-tu tout cela ? »

Mais son mari est incapable de répondre. Les sanglots l'étouffent à nouveau, et le juge est obligé d'intervenir.

« Allons, Berens ! Calmez-vous. Reprenez-vous ! Où étiez-vous entre 23 h 30 et minuit ? Où étiez-vous puisque votre femme ment selon vous ? »

Alors que tous les regards sont tournés vers lui, Berens trouve la force de secouer la tête négativement. On ne voit que ses mains crispées aux jointures blanches, comme s'il faisait un effort terrible pour maintenir sa tête contre le bois.

L'avocat insiste à son tour :

« Parlez Berens... Parlez ! C'est votre seule chance ! »

Mais là-bas, dans la salle, une femme se lève. Elle est mince, blonde, vêtue d'un tailleur noir, et s'approche d'une démarche décidée. Tout le monde est tellement bouleversé par la crise de nerfs de l'accusé que personne ne songe à l'arrêter.

Elle se plante devant le jury, et dit d'une voix claire et ferme :

« L'accusé était chez moi ce soir-là, à 23 h 30. »

Le juge réagit très vite, et au milieu des exclamations, arrive à lui demander :

« Qui êtes-vous, madame? Déclinez votre identité!

– Je suis Renée Hern, la femme de la victime. Je peux faire le serment que M. Berens était chez moi, quand mon mari a été tué! »

Olaf Berens n'a pas redressé la tête, mais il ne pleure plus. Le juge s'adresse à lui :

« Est-ce la vérité, Berens? »

Toujours sans montrer son visage, Olaf Berens fait un signe d'acquiescement.

« Levez-vous, Berens! Et répondez-moi. Etiez-vous chez la femme de la victime le soir du crime à 23 h 30? »

Olaf se redresse péniblement, essuyant son visage, honteux des larmes qui l'ont barbouillé. Mais il répond cette fois :

« Oui, monsieur le juge.

– Mais pour l'amour de Dieu, pourquoi ne l'avez-vous pas dit au premier procès? Et vous madame? Vous lui avez laissé faire six ans de prison pour ne pas vous compromettre? »

C'est Olaf qui parle maintenant. Il semble avoir retrouvé un peu de calme :

« Vous ne comprenez pas monsieur le président. Je ne pouvais pas le dire, et je ne voulais pas non plus qu'elle en parle. Nous étions amis. Amis seulement. Mais s'il n'y avait pas eu ce drame, nous serions peut-être devenus amants. Sûrement même. Ce soir-là, après m'être disputé avec son mari, je suis allé voir Mme Hern. Je voulais l'avertir de mon départ. Il n'était pas question pour moi de m'associer au trafic de son mari. »

Le juge l'interrompt pour s'adresser au témoin surprise :

« Que vous a-t-il dit, madame, à propos de ce trafic ?

– Que mon mari voulait l'obliger à laisser sortir de la marchandise sans contrôle, et qu'il avait refusé. Je me doutais que mon mari faisait du marché noir, cela ne m'a pas étonnée.

– Bien. Continuez, Berens !

– Nous avons bu un verre de cognac, j'étais énervé, et... »

Olaf hésite à continuer. Il regarde sa femme intensément. Anne-Marie, elle aussi a le visage tendu vers lui. Mais c'est Mme Hern qui répond à sa place.

« Je vais vous dire, moi, ce qui s'est passé. Nous nous sommes embrassés. Olaf a toujours aimé sa femme, mais ce soir-là il était un peu dépassé par les événements. Quant à moi, il me plaisait. C'est quelques minutes plus tard que nous avons entendu les coups de feu, devant la maison. Nous sommes sortis en courant, et quand j'ai vu mon mari la tête en sang dans la voiture, je me suis mise à hurler de frayeur. Une voiture s'éloignait à toute vitesse, mais nous n'avons pas eu le temps de distinguer le tireur, ni de voir quoi que ce soit d'autre. Ensuite, j'ai dit à Olaf de s'en aller. Je me doutais qu'on le soupçonnerait immédiatement si on le trouvait chez moi. La police aurait imaginé je ne sais quel scénario. Or, personne ne savait que nous étions amis, Olaf et moi. Voilà. S'il n'a rien dit, monsieur le président, c'est aussi pour autre chose. Il avait honte de lui, honte d'avoir envie d'une autre femme que la sienne, même si ça n'était que passager. Il ne voulait pas qu'elle sache, qu'elle devine, ou se fasse des idées... Voilà pourquoi, il s'est tu. Et moi aussi, parce qu'il le voulait. Mais je reconnais que c'est par égoïsme, en ce qui me concerne. Olaf est un homme bien. Sa femme aussi. Si elle a menti pour lui, c'était vraiment par amour. Pas moi. Moi, je n'étais qu'un divertissement passager. Il aime sa femme, il vient de le prouver. »

La petite voix d'Anne-Marie Berens s'élève alors dans le silence.

« C'est vrai, Olaf ? »

Olaf a secoué la tête. C'était vrai. Il avait payé six ans de sa vie pour cela.

Libéré le jour même, il a quitté le tribunal sous les acclamations du jury et des quelques spectateurs, qui avaient assisté ce jour-là à une étonnante scène d'amour conjugal. Ce qui n'est pas courant devant une cour d'assises. L'assassin de Ralph Hern, le trafiquant, victime probable d'un règlement de comptes, ne fut jamais retrouvé.

ANSELME LE PÉNITENT

« A Andrée Maria Stein »

Le soleil de juin éclaire le hameau. Il brille sur la mare où les pierres luisantes d'un ancien lavoir s'écroulent dans les herbes mêlées. Le vieil homme sur le chemin hésite, il regarde un autre vieil homme assis sur un banc de bois devant sa maison. Tous deux se connaissent depuis de longues années. Le vieillard près de la mare, c'est Anselme, sa maison est la dernière du hameau, à l'entrée du bois. L'autre sur son banc, c'est Félicien.

Anselme est un solitaire, un homme sans famille et sans enfant. Félicien est un grand-père, il a élevé péniblement une nombreuse progéniture. Et s'ils se connaissent depuis l'enfance, ils ne se parlent guère. D'ailleurs, Anselme n'a pratiquement jamais participé à la vie des autres. Il n'est jamais entré dans leurs maisons, il ne vient à aucun enterrement, n'assiste à aucun mariage, ne célèbre rien avec personne.

Alors, que fait-il là, planté devant la mare, sur le chemin qui mène à la maison de Félicien ? On dirait qu'il veut avancer, et que quelque chose le retient encore.

Félicien l'observe depuis son banc, les deux mains appuyées sur le pommeau de sa canne, son regard à l'abri sous une casquette de velours râpé. Anselme lui aussi observe l'autre, sous la même casquette. L'âge les fait paraître identiques.

Enfin, il avance, à pas lents et mesurés, le dos légèrement courbé, les bras pendant le long du corps, il ne s'arrête plus. Arrivé devant Félicien qui a levé un regard interrogatif, Anselme ôte sa casquette comme s'il allait parler. Mais il ne dit rien. Lentement, et péniblement il pose un genou à terre, puis l'autre. Et devant son voisin stupéfait, s'incline jusqu'à toucher la poussière de son front.

« Qu'est-ce qui te prend Anselme ? oh ! »

Anselme marmonne quelque chose, toujours incliné, puis se relève sans répondre, et s'en va comme il était venu. Il repasse devant la mare, de sa démarche précautionneuse, et tourne en direction du bois, pour rentrer chez lui.

Sur son banc, le vieux Félicien est encore saisi par ce geste bizarre. Sur le pas de la porte, sa femme commente l'événement à sa manière :

« Il est devenu fou, le pauvre. A force de vivre comme un sauvage. Le voilà qui t'a demandé pardon !

– Tu as compris ça ?

– Il a dit pardon, j'ai bien entendu. Tu es sourd, pas moi. »

Cet étrange événement vient de se produire en 1925, dans un petit hameau lorrain. Un de ceux qui ont déjà vu passer de près la guerre de 70 et celle de 14, il n'y a pas si longtemps. Où les jeunes gens sont rares, dans les familles, et nombreux à dormir dans les cimetières, ou sous les dunes de cette terre ravagée par d'interminables batailles.

Selon les habitants du hameau, à qui Félicien raconte l'événement, le vieil Anselme est devenu fou à soixante-dix-huit ans.

Le lendemain de son geste étonnant devant la maison de Félicien, le vieil Anselme est à nouveau sur la route. A pied, les bras ballants, le regard accroché aux cailloux du chemin, comme une procession solitaire.

Il franchit ainsi les deux kilomètres qui le séparent du hameau voisin. Vers midi, les traits tirés par l'effort accompli, il est devant une autre maison. Et il attend. Une vieille femme le reconnaît depuis la fenêtre de sa cuisine. Sans sortir, elle pousse les volets :

« C'est toi Anselme ? »

Sans répondre, Anselme s'agenouille, comme la première fois, marmonne un pardon, le nez dans les fleurs qui bordent la maison, se redresse et s'en va. Laissant la vieille Charlotte sidérée dans sa cuisine.

A trois heures, il est devant une autre maison, dans un autre hameau, devant l'écurie du vieux Cyprien, et s'incline à nouveau.

Au coucher du soleil, il a encore demandé pardon à Marie, dans son poulailler, à quelques kilomètres de là.

Et le soir, tard dans la nuit, épuisé par sa longue marche, il rentre chez lui et s'enferme.

Mais la nouvelle a déjà fait le tour de la région, dans un rayon de cinq kilomètres.

Anselme est devenu fou. Il a fait pénitence devant quatre de ses contemporains, dans quatre endroits différents. Et les commentaires vont bon train.

Chez Félicien Mangeot, la première station de

ce curieux chemin de croix, les habitants se sont réunis à la veillée.

« Il est rentré chez lui, et il a fermé portes et volets. Il est sûrement malade...

– On devrait envoyer le médecin !

– Et s'il n'ouvre pas ? S'il n'est pas malade ? On aura l'air malin...

– Tout de même, ça veut dire quelque chose ce qu'il fait ! Pourquoi demander pardon ? Et sans rien dire, il t'a fait quelque chose Félicien ?

– Non. On n'a jamais eu beaucoup de rapports.

– C'est comme avec les autres... L'Anselme leur a jamais parlé ou presque. »

Le mystère est total, et le lendemain, troisième jour de cette série d'événements, la maison d'Anselme, reste close toute la matinée. Cette fois, chacun est d'avis qu'il faut intervenir. Les poules d'Anselme braillent leur indignation dans le poulailler fermé. Ses deux vaches n'ont pas pris l'air, et le chien hurle famine, attaché dans la cour. Félicien Mangeot qui se sent le premier concerné par cet état de chose, attelle sa carriole, et s'en va au village voisin dont dépend le hameau ainsi que les trois autres environnants. Il va prévenir le maire.

Charles Brandon, le maire, est dans son champ de luzerne, la conversation est courte, car il a déjà été prévenu par le facteur. Il réfléchit :

« Voyons... Toi Félicien, puis la Charlotte, ensuite Cyprien et Marie. Vous avez à peu près le même âge tous les quatre, vous avez connu Anselme enfant. Il y a sûrement une explication à tout cela. Une histoire de famille ?

– Non... On n'est même pas cousins. En 70, on

a été incorporés ensemble, mais je l'ai perdu de vue, et chez nous il ne parlait à personne. A mon avis, il est devenu fou, ou malade.

– Bon. Je viens. »

Le maire accompagne donc Félicien jusqu'au hameau, et lorsque les deux hommes arrivent, tous les habitants sont rassemblés devant la maison d'Anselme, toujours close. L'un a fait sortir les poules, l'autre les vaches, le troisième a donné une gamelle au chien, sans que leur propriétaire ne se manifeste.

« Moi, je dis qu'il est mort !

– Il avait une sale tête quand on l'a vu partir hier... »

Le maire frappe à la porte de la maison, et n'obtenant pas de réponse, secoue la poignée fortement.

« Anselme ! Ouvre, c'est moi le maire... Ouvre, bon sang, il faut que je te parle ! »

Silence. Le maire décide :

« Passez-moi un outil, je vais forcer la serrure. »

En quelques minutes, la porte est ouverte, et le maire et les habitants pénètrent avec circonspection dans l'unique pièce sans lumière.

Le maire chuchote :

« Anselme, tu es là ? »

Un vague mouvement sur sa droite le guide jusqu'au lit, une femme ouvre les volets, et chacun peut contempler avec effarement Anselme, dans son lit, le regard bien vivant, mais immobile. Il a l'air malade, il respire mal, et sur les draps douteux, ses deux mains ridées sont croisées comme en prière.

Le maire se penche sur lui.

« Ça va pas Anselme ? Tu veux le docteur ? »

Les yeux bleus du vieillard font le tour des

envahisseurs et de sa voix un peu rauque, il arrive à murmurer :

« Fichez le camp, laissez-moi mourir tranquille maintenant... »

Le maire croit de son devoir d'insister :

« Si tu te sens mourir, il faut appeler le médecin !

– Fichez le camp...

– Alors, le curé ? »

Anselme s'apprêtait à répéter « Fichez le camp »... mais les mots s'arrêtent sur ses lèvres et le maire entend distinctement :

« Le curé... oui... le curé... pourquoi pas le curé... »

Alors, chacun ressort sur la pointe des pieds, et le maire promet en partant d'envoyer M. le curé avec l'extrême-onction, dès son retour au village.

Les femmes restent sur le pas de la porte, entamant déjà une veillée mortuaire. Les chapelets sortent des poches, et l'on attend M. le curé tandis que les hommes rentrent chez eux.

La situation est claire désormais, pensent-ils. Anselme va mourir, le curé va s'occuper de lui. Le vieux fou solitaire va passer. Et soixante-dix-huit ans, en 1925, c'est un bel âge pour mourir. Un âge normal. Mais le moribond n'a pas fini d'étonner les autres.

C'est au soir du troisième jour donc, que le curé est arrivé dans le hameau avec un enfant de chœur portant les huiles de l'extrême-onction. Il a fait partir les femmes, et s'est installé avec le gamin au chevet d'Anselme le moribond.

Il n'a jamais vu ce mécréant dans son église depuis qu'il était lui-même enfant de chœur. Mais combien de mécréants au soir de leur vie, ont réclamé le pardon de Dieu. Le vieux curé a l'habitude. Aumônier pendant les deux guerres, il a tout vu.

La nuit passe. Et toute la nuit, la lumière de la lampe à pétrole est restée visible derrière les volets clos de la maison d'Anselme. L'enfant de chœur épuisé a dormi dans un vieux fauteuil, et à l'aube, M. le curé est perplexe sur le pas de la porte.

Félicien vient le premier aux nouvelles.

« Alors ? Il s'est confessé ?

— Non seulement il ne s'est pas confessé, mais il refuse de parler. Chaque fois que je lui propose de lui administrer les sacrements, il me fusille des yeux. Et si je parle du docteur, c'est la même chose. Pourtant, il va mourir. C'est sûr. Et je n'ose pas le quitter. »

Sur l'invitation de Félicien, M. le curé accepte d'aller se restaurer un peu. Puis il retourne au chevet du mourant, avec un bol de soupe et une tartine. Mais Anselme ne veut rien avaler. Alors, le curé se tourne vers son enfant de chœur ensommeillé dans son fauteuil, et lui tend la nourriture que le gosse avale sans se faire prier.

« Ecoute-moi gamin, je suis fatigué, mes vieux os ne sont pas aussi solides que les tiens. Je vais me reposer un peu chez les voisins. Surveille-le bien, et s'il me réclame, ou s'il s'agite, cours me chercher ! Tu n'auras pas peur de rester là tout seul ? »

Le gamin ravale sa salive, et fait non de la tête, courageusement.

« Bon. Et ne t'endors pas hein ?... »

Le curé va donc prendre quelque repos chez Félicien, et le gosse reste seul avec Anselme, toujours vivant, et silencieux.

Deux heures passent.

Dans les maisons du hameau, on commence à

s'impatienter. Le vieux fou est de ceux qui mettent du temps à mourir. M. le curé devrait rentrer chez lui. Le médecin n'a qu'à venir. Après tout, s'il ne s'est pas confessé, ça le regarde !

Effectivement, à la fin du quatrième jour, Anselme est toujours vivant, bien que très faible, et il n'a pas absorbé de nourriture depuis plusieurs jours. L'état de sa cuisine en témoigne.

L'enfant de chœur, lui, semble complètement fasciné par cette ambiance. Lorsque le curé est revenu après deux heures de sommeil réparateur, le gamin a répondu à ses questions par monosyllabes :

« Il ne t'a rien dit ?

– ... non, monsieur le curé...

– Il n'a pas bougé ?

– ... non, monsieur le curé... »

Vers huit heures du soir, le curé abandonne. Il n'a pas le droit de garder plus longtemps ce gosse avec lui. D'autre part, il s'est rangé à l'avis des habitants. Le médecin doit venir. Lui seul pourra dire combien de temps le vieil Anselme résistera à la mort qui le tire déjà par les pieds.

Le curé s'en retourne donc, avec son assistant. Les femmes reprennent leur veillée, à la porte de la maison, enfouies dans des châles, car Anselme ne veut personne à ses côtés. Et une nouvelle nuit passe.

Le cinquième jour, c'est au tour du médecin de garer sa carriole devant la maison basse. Il est jeune, un peu autoritaire, à quarante ans il a lui aussi connu l'épouvante de la grande guerre, et les mourants dans les tranchées.

Au bout d'une demi-heure, il ressort de la chambre.

« Alors ?

— Alors, il se laisse mourir, c'est évident. Le cœur est à peine audible. Mais cet homme n'a pas toute sa raison. J'ai dû me battre avec lui pour l'examiner. Heureusement, il n'a plus guère de force. J'ai voulu le faire boire, mais il a craché la potion. Je ne peux pas faire grand-chose. Il faut attendre. A mon avis, dans un jour ou deux, c'est fini. Par contre, il a parlé. Il a réclamé l'enfant de chœur !

— L'enfant de chœur ?

— Oui, le gamin qui a dû accompagner le curé hier. J'ai essayé de lui faire comprendre que c'était impossible, mais il a insisté.

— Mais pourquoi l'enfant de chœur ?

— Ça, je l'ignore. Probablement, une lubie. Il n'y a qu'à faire revenir le curé, ça l'apaisera certainement. Cet homme ne meurt pas avec sérénité, j'ignore ce qui le tracasse, mais il y a quelque chose, c'est évident. »

Oui c'est évident. Le vieil Anselme a cherché le pardon de quatre des concitoyens, avant de se coucher pour mourir. Donc quelque chose le tracasse. Mais pourquoi ne s'est-il pas confessé ?

Le médecin parti, le curé le remplace dans l'après-midi du cinquième jour. Un vendredi. Le gamin qui l'accompagne n'est pas le même et dès son entrée dans la chambre, Anselme le met dehors, de toutes les forces qui lui restent.

« Je veux l'autre, je veux petit Louis... »

Le curé tente de calmer ce désir incongru sans y parvenir, et finalement cède aux derniers souhaits du moribond. Il renvoie le gamin, avec mission d'envoyer à sa place petit Louis.

Et en attendant, il prie, tout en réfléchissant.

Petit Louis... Pourquoi ce gamin et pas un autre ? Petit Louis est de l'assistance. A douze ans, il est placé dans une ferme des environs. Il n'a dans la région aucune famille, et aucun lien de parenté avec quiconque.

C'est Félicien qui trouve enfin une première explication à cette lubie.

« Anselme est un enfant trouvé lui aussi. C'est peut-être pour ça... »

Au soir du cinquième jour, Anselme n'est toujours pas mort, et au matin du sixième, petit Louis arrive enfin. Ses patrons nourriciers ne l'ont laissé partir qu'avec difficulté. C'est ce qu'il explique au curé.

« Ils voulaient pas que je vienne. Ils disaient que ça me regardait pas. Moi je voulais. Je l'aime bien le vieux. Et puis ils ont réfléchi et ils m'ont laissé venir.

– Mais tu ne le connais pas !

– Dites, monsieur le curé, vous croyez ce qu'ils m'ont dit les patrons ?

– Quoi, qu'est-ce qu'ils t'ont dit ?

– Que peut-être le vieux voulait me donner sa maison, et que c'est pour ça qu'il me demandait ?

– Ah ! je comprends pourquoi on t'a laissé venir. Il ne faut pas avoir de pareilles idées mon garçon, Dieu n'aime pas ça !

– Mais j'en ai pas des idées, monsieur le curé, je vous jure. C'est eux, c'est pas moi. Je voulais venir, parce qu'il fallait que je vienne, c'est tout.

– Et pourquoi ça ? »

Petit Louis se mord les lèvres, comme s'il en avait trop dit, et répond, en regardant ailleurs.

« Parce que. »

Etrange nuit que celle passée au chevet du vieil Anselme, par un petit garçon muet, assis près du lit. Du fauteuil où il somnolait, le curé a surveillé la chose avec étonnement. La petite bouille du gamin, penchée inlassablement sur le vieux visage ridé et jaune.

Le sixième jour, Anselme, les yeux clos, semble au bout du chemin. Mais chaque fois que l'enfant l'abandonne un instant, pour manger ou boire, ou sortir un peu, son regard bleu, déjà voilé, le cherche. Dans le hameau on se perd en conjecture. Une nouvelle nuit passe encore. Et c'est à l'aube du septième jour qu'Anselme reçoit sans protester l'extrême-onction. Il n'ouvre plus les yeux. Seul un léger souffle dit encore que la vie s'échappe à petits bruits de son vieux corps fatigué.

Le soleil pointe à peine, sur les pierres lisses du lavoir, quand monsieur le curé dit en examinant la petite glace qu'il a placée devant la bouche du moribond :

« C'est fini. »

Et il répète aux gens du hameau, rassemblés devant la maison.

« C'est fini. »

C'est alors que petit Louis, debout sur les marches de la maison d'Anselme a dit :

« Je dois parler maintenant. Je dois parler à Félicien, à Charlotte, à Cyprien et à Marie. Il le faut maintenant, c'est Anselme qui l'a dit.

– Comment, il t'a parlé? Il t'a dit quelque chose?... Mais vas-y, dis-le, bon sang! »

Mais le gamin a résisté. Il voulait Félicien, Charlotte, Cyprien et Marie. Alors en maugréant, et en le traitant de sale gosse, on a obéit à l'ordre d'Anselme.

Et les autres ont du s'éloigner. Dévorés de curiosité.

Toujours sur les marches de la maison d'Anselme, petit Louis un peu ému de son importance, a entamé enfin son discours, comme une récitation un jour des prix :

« Ben voilà. Anselme vous demande pardon à tous les quatre. Toi, Félicien, pour avoir brûlé ta maison en 1873, toi Charlotte pour avoir brûlé ta maison en 1880, toi Cyprien pour avoir brûlé ta maison en 1897, et toi Marie pour avoir brûlé ta maison en 1908. Il m'a dit de vous dire, que c'était pas de sa faute. Il adorait le feu. Il aimait bien voir les flammes, la nuit. Il a dit qu'il était un criminel... »

Le gamin a sorti de sa poche un papier, et lu un mot écrit dessus :

« ... un criminel pyromane. Et que les gendarmes l'avaient jamais deviné. Et il a dit aussi qu'il voulait que ça soit moi qui vous le dise, parce qu'en confession, personne l'aurait jamais su. Il vous demande pardon, d'avoir ruiné vos familles pendant longtemps, et il dit que si vous voulez, vous pouvez brûler sa maison à lui, pour qu'il voit les flammes depuis l'enfer. »

Petit Louis avait tout dit, tout ce que le vieux fou d'Anselme lui avait confié pendant les deux heures où ils étaient restés seuls.

C'était la vérité. A chacun des quatre, il avait demandé pardon silencieusement. Mais aucun des quatre n'avait soupçonné que les incendies qui les avaient ruinés les uns après les autres, étaient l'œuvre de ce solitaire.

Petit Louis a conduit l'enterrement du pyromane. Mais personne n'a brûlé sa maison. C'était un pardon impossible à offrir au vieux fou, qui selon eux devait se contenter de l'enfer éternel.

LE SOLEIL BRILLE BRILLE

MALCOLM ARNOLD, le compositeur bien connu, fume peut-être, disons donc que son bureau est envahi d'une fumée à couper au couteau. S'il boit de l'alcool, disons que sur le bar la bouteille de scotch est à moitié vide. Est-il élégant ou négligé dans l'intimité? Mystère. Imaginons donc qu'il s'habille avec une négligence élégante. Par exemple : vieux pantalon de gabardine légère, veste d'intérieur éculée avec autour du col un petit foulard de soie. Par contre ce qui est sûr c'est qu'il fait une tête! Une tête épouvantable : depuis trois jours, son électrophone fumant et brûlant, prêt à exploser, diffuse des marches militaires.

Au bout du quatrième jour, Malcolm lance des regards haineux sur la pile de disques et le monceau de cassettes qu'il jette rageusement dans un coin de la pièce.

Le cinquième jour, lorsqu'il rentre chez lui avec sa provision quotidienne de musiques militaires, l'audition de ces fifres, de ces tambours et fanfares devient une véritable hantise.

Comme il vient d'emménager, les nouveaux voisins qui le croisent dans l'escalier le regardent avec étonnement, croyant découvrir un militaire à la nuque rasée, et sont tout surpris de découvrir un artiste.

Le sixième jour – est-ce l'influence de ces rythmes martiaux ? – ses gestes deviennent mécaniques et saccadés.

Tous les disquaires de la ville le voient surgir chaque matin avec joie :

« Monsieur Arnold, je vous ai trouvé quelque chose ! »

« Monsieur Arnold... Est-ce que vous connaissez la marche du 6e écossais ? »

« Ah !... monsieur Arnold... en fouillant dans les rebuts, regardez ce que j'ai découvert : c'est l'hymne de l'ancien Etat lituanien. »

Et chacun d'essayer de lui refiler les plus affreux laissés-pour-compte, les cacophonies les plus délirantes qui aient jamais été enregistrées depuis l'invention du phonographe.

Enfin, le septième jour, le téléphone sonne. C'est son ami le réalisateur de films David Lean.

« Allô, Malcolm ? Avez-vous trouvé quelque chose ?

– Peut-être... J'ai sélectionné une vingtaine de trucs... »

Malcolm jette un regard sans enthousiasme sur la pile de disques et de bandes magnétiques retenus après cette fastidieuse sélection. Son interlocuteur s'inquiète :

« Vous n'avez pas l'air enthousiaste...

– Vous savez, j'en ai tellement entendu. Si vous voulez je fais un saut à votre bureau pour avoir votre avis. J'ai besoin d'une oreille neuve, les miennes n'en peuvent plus.

– O.K. Je vous attends tout de suite. Cela devient urgent. »

Cela devient en effet urgent pour le metteur en scène David Lean. Il prépare un film qui sera l'un des plus grands succès cinématographiques de l'après-guerre et dans lequel la musique doit jouer un rôle important : *Le Pont de la Rivière Kwaï.* Une musique qui non seulement joue un rôle considérable dans l'œuvre elle-même, mais – et cela David Lean et Malcolm Arnold ne le savent pas encore – va être reprise dans le monde entier. La première à être chantée à la fois aux Etats-Unis et en Union soviétique et à rapporter des milliards de droits à son auteur.

Malcolm Arnold, un paquet de disques et de bandes magnétiques sous le bras, vient donc voir son ami David Lean qui cherche pour *Le Pont de la Rivière Kwaï* une musique qui soit une marche entraînante, résolue, désinvolte et puisse être facilement retenue.

David Lean, tout excité, s'installe dans un fauteuil :

« Allez-y, Malcolm... Je vous écoute... »

Malcolm Arnold pose sur la platine un premier disque, abaisse le bras et jette un regard en coin sur son ami :

« Pas terrible... » dit celui-ci, après avoir écouté quelques instants. « C'est trop pompeux. »

Malcolm pose un autre disque.

« Ouais... Ça, c'est trop connu... », grogne David Lean.

Cette fois, Malcolm, avant de faire entendre le troisième air, prend les devants :

« Celui-là, vous allez le trouver trop martial... »

Trop martial, c'est vrai. Et David Lean fronce les sourcils.

« Je suppose que vous m'avez gardé le meilleur pour la fin ? »

Hélas ! ce n'est pas le cas. Aucune de ces musiques ne plaît à Malcolm Arnold, mais on ne sait jamais et il attendait un miracle. Il comprend que le miracle n'aura pas lieu.

« Ça c'est une musique trop savante... » déclare le réalisateur après avoir entendu la quatrième.

« Un vrai sirop », dit-il après la cinquième.

Lorsque les vingt marches militaires sélectionnées par Malcolm ont été entendues, le compositeur a l'air d'un chien battu et le réalisateur a le regard sombre. Tout cela est à jeter à la poubelle. Aucune de ces marches ne répond à leur attente : entraînante, résolue, désinvolte et qui puisse être facilement retenue. Aucune n'est susceptible de devenir le succès mondial qui rapportera des milliards à son auteur.

Aussi, lorsque le tournage du film va commencer, Malcolm Arnold et David Lean, dans l'angoisse, cherchent toujours leur musique. C'est alors que va se produire enfin le miracle qu'attendait le compositeur.

Ce jour-là, dans un coin de l'immense studio où s'agite une armée de figurants, d'électriciens et de machinistes, Malcolm Arnold dresse l'oreille. Quelqu'un siffle dans cette fourmilière. Une sorte de marche entraînante, désinvolte, résolue et facile à retenir.

Le compositeur donne un coup de coude au réalisateur :

« Vous entendez ?

Oui, David Lean entend, mais ne parvient pas à situer le siffleur dans cette cacophonie. Et lorsqu'il demande le silence, bien entendu, le sifflement s'arrête.

« Qui est-ce qui sifflait il y a un instant ? » demanda David Lean dans son porte-voix.

Tous les regards se croisent dans la foule gênée. Dans le fond du studio, un petit groupe s'est tourné vers un machiniste moustachu qui porte dans ses bras un bananier en zinc.

« C'est vous qui sifflez ?

– Euh, peut-être, excusez-moi. J'ai pas fait attention...

– Ne vous excusez pas, mon vieux. Posez-moi cette horreur et approchez ! »

Le machiniste moustachu en salopette, devenu le point de mire, s'avance, ne sachant s'il doit se réjouir ou s'inquiéter.

« Qu'est-ce que c'est que cet air que vous venez de siffler ?

– Quel air ? demande le machino qui devait siffler sans même s'en rendre compte.

– C'était une marche, précise Malcolm Arnold. Vous pourriez nous la siffler encore ? »

Le machino devient rouge comme une tomate.

« Maintenant ? Tout de suite ?...

– Oui. Vous nous rendrez peut-être un fier service. »

Le brave homme, du revers de la main droite, frotte ses moustaches et dans le silence le plus complet sort de ses lèvres un sifflement d'abord timide, puis devant l'air stupéfait, extasié, enthousiaste du réalisateur et de son compositeur, le sifflement devient de plus en plus net, entraînant, résolu et désinvolte.

Après quelques instants, David Lean l'arrêta :

« Ça va, mon vieux, merci ! Qu'est-ce que c'est que cette chanson ?

– Ma foi, je n'en sais rien.

– Vous ne connaissez pas le titre ?

– Non.

– Et les paroles ?

– Je ne connais pas les paroles. Je siffle, c'est tout.

– Mais où est-ce que vous l'avez apprise ?

– Je ne sais pas. C'est un air que j'ai comme ça dans la tête mais je serais bien incapable de vous dire d'où je le tiens...

– Mais vous l'avez entendu quelque part ?

– Sûr, c'est pas moi qui l'ai inventé...

– On dirait que c'est un air écossais, remarque le compositeur.

– C'est bien possible, moi-même je suis écossais. »

Peu importe. Le plus urgent pour Malcolm Arnold est d'entraîner le machiniste dans une loge où celui-ci va lui siffler cet air à perdre haleine afin qu'il puisse noter soigneusement la musique. Accompagnée de paroles, orchestrée dans les jours suivants, elle est très vite enregistrée.

Alors, seulement, Malcolm Arnold se met en demeure de rechercher l'auteur de cette musique du *Pont de la Rivière Kwaï* qui va rapporter des milliards.

Les diverses sociétés d'auteurs interrogées sont incapables de fournir une réponse. Il faut dire que l'affaire se passe en 1957 : elles ne disposent pas des méthodes de classement qui rendraient aujourd'hui cette recherche plus facile.

Alors, Malcolm Arnold décide d'enquêter dans les unités écossaises de l'armée britannique et, de caserne en caserne, s'en va siffler *Le Pont de la Rivière Kwaï*.

« En effet, grogne un commandant de six pieds trois pouces, j'ai entendu cela quelque part... Mais du diable si je me souviens à quelle époque ! »

« Oh ! la ! la !... c'est vieux cela ! s'exclame en

entendant la chanson un sous-officier à la retraite qui a servi aux Indes dans un régiment écossais. Ça date d'avant-guerre !

– Avant 40 ?

– Vous rigolez ! Avant 14 ! »

Un officier écossais à demi gâteux qui, lui aussi, a servi aux Indes pendant plusieurs années, se souvient qu'il était question dans cette chanson d'un certain colonel Bogey.

Or, le colonel Bogey est un personnage purement mythique, un peu comme notre « père système » ou notre « colonel ronchonnaud ».

1957 : le film *Le Pont de la Rivière Kwaï* vient d'être présenté. La critique et le public lui font un accueil enthousiaste, prémices d'une carrière exceptionnelle. Déjà la marche du *Pont de la Rivière Kwaï* est reprise par toutes les radios du monde, les éditeurs se l'arrachent, les disques vont se vendre par millions, les sociétés d'auteurs drainent des droits énormes. Qui sera le bénéficiaire de cette fortune ?

C'est d'un joueur de golf que va jaillir la lumière.

« Bogey... Bogey... On parlait souvent de ce personnage imaginaire sur les terrains de golf aux Indes. Surtout lorsqu'on comptait les points : le colonel Bogey aurait fait ceci... Le colonel Bogey aurait dit cela... A mon avis, c'est un joueur de golf qui a dû écrire cette chanson aux Indes et tout juste avant la première guerre. »

Inlassablement, Malcolm Arnold fait interroger les dirigeants de clubs de golf, installés aux Indes à cette époque, et dont les survivants se font rares.

Et puis, un jour, un très vieil homme au visage

glabre, aux joues creuses et au teint cireux, se présente au bureau de la production, une petite serviette à la main, et demande à rencontrer le compositeur.

« J'ai lu dans la presse que vous recherchiez l'auteur de la musique du *Pont de la Rivière Kwaï.*

– C'est exact.

– Eh bien, je crois que je le connais... explique le vieillard en s'affaissant dans un fauteuil d'où n'émerge par-dessus ses genoux qu'un regard bleu délavé. Je m'en souviens... c'est un colonel, le genre colonel « riz, pain, sel », vous voyez ce que je veux dire ? Un passionné de golf. Un jour, je me suis disputé avec lui parce qu'il voulait entrer sur le terrain alors qu'on y faisait des travaux. Manquant de respect pour ses galons, je lui ai lancé au nez trois coups de sifflet qui signifiaient : « Foutez-moi le camp ! »

– Trois coups de sifflet ? Vous voulez dire les trois coups de sifflet du *Pont de la Rivière Kwaï ?*

– Oui. Notez bien, j'ai sifflé ça comme j'aurais sifflé autre chose...

– Et après ?

– Eh bien, huit jours plus tard, j'ai revu le colonel. Il ne m'en voulait pas du tout. Il m'a dit : « Mon vieux Spencer, avec vos trois coups de sif-« flets, j'ai fait une musique. Elle s'appelle *La « Marche du Colonel Bogey.* » Pendant quelque temps, sur le terrain, les amis du colonel ont chanté *La Marche du Colonel Bogey,* puis les soldats écossais en garnison à New Delhi l'ont chantée aussi, enfin la guerre est arrivée et la chanson fut oubliée.

– Et comment s'appelle ce colonel ?

– Franck John Ricketts. C'est un officier d'administration coloniale.

– Comment est-il ? »

Alors les yeux du vieillard se plissent d'amusement :

« Vous voulez le voir ? J'ai sa photo... »

Devant Malcolm Arnold sidéré, le vieillard sort une grande photo jaunie, prise lors d'une réception au golf de New Delhi. Y sont rassemblés comme les écoliers d'une classe tous les membres du club.

« Le colonel Ricketts, c'est celui-là ! » dit le vieillard.

Malcolm Arnold, penché sur la photo, a un sursaut : le colonel Ricketts, c'est Alec Guiness. Même stature, même attitude, même visage, la petite moustache un peu agressive, l'œil à la fois futé, arrogant et sévère, mélange d'humour et de rigueur.

A quoi tient cette extraordinaire ressemblance ? Coïncidence ou au contraire logique de la vie ? En tout cas, on peut y voir une preuve par neuf du talent des auteurs et de l'acteur qui, partant d'une musique, sont parvenus à fabriquer un personnage qu'ils n'avaient jamais vu ou partant d'un personnage inventé de toutes pièces et lui choisissant une musique appropriée, aboutissaient à un personnage authentique.

Mais qu'est-il devenu ce colonel Franck John Ricketts ?

De nouveau, les sociétés d'auteurs fouillent leurs archives. Aucune musique n'a jamais été signée Franck John Ricketts, mais des droits d'auteur lui ont été versés car Franck John Ricketts signait sous le pseudonyme de : Kenneth J. Alford.

Ce colonel mélomane a en effet écrit un assez grand nombre de marches militaires et de chansons de soldats, dans lesquelles il exalte tantôt le courage des fantassins de Sa Gracieuse Majesté, tantôt la fidélité de leurs épouses demeurées au foyer.

Il y a belle lurette que ses œuvres sont tombées dans l'oubli et le dernier versement date de 1923.

LE POINT COMMUN

L'HISTOIRE commence sur les pas de Suzanna, jolie fille de quinze ans descendant tranquillement la rue Saint-Jean à Québec, un matin vers onze heures. Au numéro 60, elle hésite avant d'entrer dans cette vieille maison particulière qui a été divisée en petits appartements modestes. Sa mère, qu'elle ne devait pas voir avant le lendemain, sera sans doute surprise et heureuse de sa visite impromptue.

Suzanna s'arrête au premier étage pour coller son oreille à la porte avant de frapper. Ce n'est pas qu'elle ait peur de déranger, mais depuis trois mois, sa mère Mme Josette Antoine qui a cinquante ans vit avec un homme un peu étrange.

Etrange, d'abord parce qu'il est énorme : il doit mesurer 1,90 m et peser dans les cent dix kilos. Ses mains sont grandes comme des pelles. Pas violent, bon caractère, il s'est toujours montré bien élevé et très amical. Un peu trop amical, justement. C'est pourquoi Suzanna préfère habiter chez sa sœur aînée Marie qui a vingt-trois ans. Ses frères Paul et Léon ont aussi leur propre appartement. Alfred fait son service militaire. Il ne reste donc avec leur mère, qu'Elisabeth, une handicapée physique et mentale.

Comme Suzanna n'entend aucun bruit elle frappe à la porte puis ne recevant aucune réponse sort sa clef et ouvre avec précaution.

Suzanna n'a pas peur de l'amant de sa mère, mais sans trop savoir pourquoi, elle serait gênée de rester seule avec lui dans l'appartement.

Sa sœur Elisabeth est allongée sur un canapé, immobile, regardant fixement le plafond comme d'habitude et Suzanna en passant près d'elle lui tapote machinalement la joue. Ne constatant aucun signe d'une présence quelconque elle entrouvre la porte de la chambre à coucher pour passer discrètement la tête.

Sa mère est étendue au milieu du lit. Couchée sur le dos, les jambes écartées, sa chemise de nuit rose remontée jusque sous les seins, le visage, les cheveux, le cou, les épaules, l'oreiller et une partie du drap sont noyés de sang noir.

Le choc est tellement brutal que la malheureuse jeune fille reste quelques instants figée, une voix répétant dans sa tête : « Elle est morte... Elle est morte... Elle est morte... »

Et brusquement l'idée lui vient que peut-être elle ne l'est pas... Elle se précipite et saisit la main de sa mère et la sent raide et froide.

Alors, ses nerfs craquent et c'est en hurlant qu'elle sort de l'appartement.

Lorsque le commissaire principal Carlier arrive dans l'appartement, les policiers et spécialistes divers se sont relayés depuis deux heures autour du cadavre. Un petit bonhomme en blouson de cuir et cravate en tire-bouchon, débordant d'activité, lui déclare tout de go :

« Je suis le médecin légiste. Je pense que le

crime a dû être commis la nuit dernière avant minuit. »

Un détective respectueusement s'avance :

« Voilà ce que je sais, monsieur le principal. La femme s'appelle Josette Antoine. Elle a cinquante ans. Elle travaillait comme serveuse dans le café voisin. Elle est veuve et a beaucoup d'enfants.

– Quel âge ? Et combien ? demande le commissaire principal.

– Je tiens mes informations des voisins, et ils ne savent pas exactement. Ils disent aussi qu'elle vivait depuis trois mois avec un homme très gros qu'elle appelait Edouard. Certains croient avoir remarqué qu'il n'était jamais ici la nuit. Ils pensent qu'il doit être veilleur de nuit ou employé dans l'équipe de nuit d'une usine. »

Le médecin légiste tient écartées de son corps ses mains tachées de sang, il se mêle à la conversation :

« Excusez-moi de mettre mon grain de sel, dit-il. Mais retrouver ce bonhomme ne doit pas être le plus urgent.

– Expliquez-vous...

– Parce que je ne vois pas pourquoi cet homme, s'il était son amant depuis trois mois, l'aurait violée. »

Ayant enregistré cette remarque du meilleur bon sens le commissaire principal se tourne vers les autres détectives.

Depuis longtemps, l'un d'eux a trouvé sous le lit les armes du meurtre : l'une est une lourde statuette en fonte de quinze centimètres de haut; l'autre un marteau de charpentier – un de ces marteaux ouverts d'une fente qui sert à arracher les clous. Tous deux sont largement tachés de sang. Si le marteau ne porte aucune empreinte, la statuette par contre en porte beaucoup. Mais ce sont celles de la victime.

« Je pense, dit le médecin légiste que la malheureuse a essayé de se défendre avec la statuette mais que le meurtrier la lui a arrachée pour s'en servir et lui écraser le crâne. Il a complété le travail avec le marteau de charpentier. »

Un autre détective a dressé la liste d'un certain nombre d'objets ou vêtements masculins : stylo, ceinture, chaussons, pyjama, veste d'intérieur en laine, etc.

« Vous voyez, monsieur le principal, un homme habitait ici. On a mesuré tout ça. Ce devait être un type particulièrement grand et fort. Malheureusement, pas de papiers, pas de correspondance, rien qui puisse servir à l'identifier.

Le commissaire réfléchit quelques instants.

« Evidemment... dit-il, je ne vois pas pourquoi cet homme aurait tué une maîtresse qu'il voyait tous les jours, pour la violer. Ce n'est certainement pas lui l'assassin. Mais tout de même j'aimerais bien l'entendre. J'aimerais bien entendre aussi les enfants. Vous me dites qu'ils sont toute une ribambelle. Il faut les identifier et les retrouver. »

Le lendemain matin, Paul et Léon, deux des fils de la victime et même Alfred qu'on a été chercher à la caserne, entrent dans le bureau du commissaire principal. Leur sœur Marie n'a pas pu venir, étant obligée de veiller sur Elisabeth. Quant à la plus jeune, Suzanna, elle est sous calmants à l'hôpital.

Les trois jeunes gens ont eu des réactions bien différentes en apprenant la mort de leur mère, mais paraissent très affectés. Ce sont de braves garçons à première vue.

« Avant toute chose... déclare Louis Carlier, savez-vous où l'on peut joindre ce M. Edouard ? »

Les trois jeunes gens s'interrogent mutuellement du regard, et le commissaire s'étonne :

« Vous ne savez pas ? Il a bien un domicile personnel ? Des parents ? Ou bien l'endroit où il travaille ? »

Non. Les jeunes gens ne savent rien de tout cela.

« Bon. Alors, comment s'appelle-t-il ? »

A nouveau, Paul, Alfred et Léon s'interrogent du regard, et cette fois le policier tombe des nues.

« Quoi ? Vous ne savez pas son nom ?

– Non, monsieur, répond enfin Léon, prenant la parole pour les autres. Nous ne savons rien. Nous savons seulement que maman l'appelle Edouard, qu'il était à la maison depuis le mois de septembre et qu'il n'était jamais là entre dix heures du soir et huit heures du matin.

– Et vous n'avez aucune idée de ce qu'il fait comme métier ?

– Nous avons pensé qu'il était peut-être veilleur de nuit, ou quelque chose comme ça. Vous comprenez nous avons toujours évité de questionner maman trop nettement à son sujet. C'était sa vie privée après tout. Et depuis que papa est mort il y a dix ans, c'était probablement le premier homme avec qui elle ait eu des relations. Nous ne voulions pas l'embarrasser, c'était gênant, vous comprenez...

– Excusez-moi de vous poser cette question, mais vous comprenez que c'est essentiel. Vous êtes sûr qu'il y avait des relations sexuelles entre votre mère et cet homme ? »

Les trois jeunes gens deviennent rouges comme des pivoines. Cette fois c'est Paul qui répond :

« Oui, monsieur. Nous en sommes sûrs. Notre sœur aussi. D'ailleurs une fois, je suis entré à l'improviste, et... enfin »

Léon, à son tour, intervient :

« D'ailleurs, maman avait beaucoup changé, il faut le dire. Depuis trois mois, elle était beaucoup plus gaie, plus coquette. On lui disait tout le temps qu'elle rajeunissait.

– A votre avis, demande Louis Carlier, ce M. Edouard, c'était un homme comment ?

– Plutôt sympa... dit l'un.

– Un brave type... dit l'autre.

– Peut-être un peu cavaleur... ajoute le troisième. Mais pour un célibataire ça n'est pas vraiment un défaut...

– Qu'est-ce qui vous fait dire cela ?

– Oh ! des petits détails, il avait pas les yeux dans sa poche, quoi ! Il était peut-être un peu trop gentil avec Suzanna. C'est pour cela qu'elle a préféré habiter chez notre sœur.

– Vous ne voyez pas en lui un coupable possible ? »

Les trois jeunes gens ouvrent des yeux ronds et le commissaire principal enregistre une série d'exclamation :

« Edouard ? Oh ! ça sûrement pas ! Ce n'est pas son style. Et pourquoi il aurait fait ça ? etc. »

Le petit médecin légiste en blouson de cuir et cravate en tire-bouchon vient le surlendemain faire son rapport :

« Selon moi, dit-il, les meurtrissures de la partie supérieure du corps et des avant-bras prouvent que la victime a lutté contre son agresseur.

Celui-ci devait être un homme extrêmement puissant car les coups à la tête ont été portés avec une force terrible, écrasant le crâne jusqu'à en détacher des esquilles. J'ai retrouvé des morceaux d'os enfoncés dans le cerveau.

– Il a tué d'abord et violé après, ou le contraire ?

– Il a violé d'abord et tué tout de suite après. Il est possible que la victime ait tenté d'appeler à l'aide ou fait quoi que ce soit qui ait inquiété le violeur. A mon avis, c'est parce qu'il s'est senti menacé qu'il a tué.

– Selon vous ce n'est donc pas un sadique.

– Non. Le meurtre a été une réaction mais pas un acte sexuel. Le criminel est probablement un homme violent, incapable de se contrôler mais pas incliné au sadisme. Je n'ai relevé aucun indice indiquant qu'il pourrait avoir délibérément torturé cette pauvre femme.

– Donc cela disculpe encore plus le dénommé Edouard.

– Je crois que oui, car si l'on peut concevoir (à la rigueur) qu'un amant – jusque-là tranquille – éprouve subitement le besoin sadique de faire souffrir sa maîtresse pour jouir sexuellement, il est difficile d'expliquer que le même amant tranquille, recherchant une jouissance normale ait éprouvé le besoin de la tuer après coup.

– A quelle heure fixez-vous définitivement la mort ?

– Entre onze heures et onze heures trente hier soir 25 avril.

– Onze heures... réfléchit le commissaire principal. J'ai interrogé le propriétaire du café où elle travaille : elle est partie peu avant onze heures. Elle était seule mais semblait bouleversée, assez malheureuse. Aucun de ses collègues n'a la moindre idée de ce qui pouvait la contrarier : peut-être une discussion avec ce M. Edouard...

Et soudain le commissaire principal semble s'énerver un peu. Il appelle deux de ses collaborateurs et les apostrophe :

« Alors, et cet Edouard ? Pas de nouvelle ? En trois jours, vous avez eu le temps de le retrouver. Qu'est-ce que vous faites bon sang ! Cet Edouard n'est pas suspect mais j'aimerais quand même bien lui poser quelques questions : était-il dans l'appartement lundi après-midi ? Et si oui à quelle heure est-il parti ? Ce matin, en arrivant vers dix heures il a dû être le premier à découvrir le corps. Il a dû arriver avant la petite Suzanna. D'après les enfants, il avait une clef de l'appartement. Peut-être s'est-il effrayé quand il a vu la victime... Il n'a peut-être pas envie de se faire connaître de la police, mais tout de même il faut me le retrouver. Nous connaissons son prénom, nous savons qu'il travaille la nuit et nous avons une très bonne description de lui. Cela doit suffire, non ? »

Mais une nouvelle va calmer subitement la colère naissante du commissaire principal : un viol a été commis durant la nuit précédente dans le même quartier. A moins de trois pâtés de maisons.

Yvonne Marcellon, femme divorcée de quarante-quatre ans, comme la première victime serveuse dans un café, est arrivée chez elle avant minuit. Dans son petit appartement, tout était tranquille. Lorsqu'elle fut complètement déshabillée et prête à enfiler sa chemise de nuit un jeune homme blond, petit et mince est brusquement sorti de dessous le lit où il était caché, pour lui poser le tranchant d'une lame de rasoir en travers de la gorge.

« Je vais te violer », a-t-il dit.

Au contraire de Josette Antoine, il semble que la femme n'ait pas perdu son sang-froid.

« Me violer? Pour quoi faire? a-t-elle répondu en regardant le jeune homme des pieds à la tête d'un air engageant. La violence ne sera pas nécessaire. Je suis d'accord pour coopérer! »

A cette proposition de participation active le jeune homme, après un haut-le-corps, a répondu en lui envoyant son poing dans la figure. La femme, qui avait espéré protéger sa vie en se montrant coopérante comme il est tout à fait recommandé de le faire, comprit qu'elle avait fait fausse route. Ce jeune homme était au contraire de ceux qui ont besoin d'une résistance pour stimuler leur activité sexuelle. Avec une remarquable présence d'esprit, elle changea brusquement de tactique. Se laissant tomber sur le sol elle pleura, lutta, mais pas trop fort, avant d'être victime du violeur satisfait.

Celui-ci la quitta comme elle l'avait espéré sans lui faire aucun mal.

Le commissaire principal, Louis Carlier interroge le policier qui vient de lui faire ce récit.

« Et vous dites que ce type était un jeune homme blond, petit et mince?

– Oui.

– Donc rien à voir avec l'agresseur de la rue Saint-Jean?

– Non, patron. En effet aucun point commun. »

Or, contrairement à ce que pensent en ce moment les policiers, l'agresseur de Josette Antoine et celui d'Yvonne Marcellon s'ils ne sont pas le même homme ont un point commun tout à fait inattendu. Un point commun qui donne froid dans le dos.

La police a immédiatement opéré des rafles

dans le quartier mais ne parvient pas à arrêter le jeune homme bien que la victime du second viol ait réussi à donner l'alarme dès le départ de son agresseur et qu'elle en ait fourni une description détaillée.

Par contre, le policier venu prendre la déposition de la victime découvre sous le lit où le violeur s'est caché le portefeuille tombé de sa poche. C'est un cadeau : le portefeuille contient sa carte d'identité : Gustave Mallet, vingt-six ans, installateur de chauffage. Il est arrêté une demi-heure plus tard dans sa chambre.

Il ne s'est pas encore aperçu qu'il a perdu son portefeuille et, bien entendu, demeure complètement ébahi.

Au commissariat, il avoue rapidement. Que peut faire d'autre un violeur qui oublie son portefeuille dans la chambre de sa victime ? Ce n'est d'ailleurs pas un inconnu de la police puisqu'il a été précédemment accusé à quatre reprises de viol ou tentative de viol et deux fois condamné. Il a été libéré de prison, il y a quatre jours seulement après y avoir passé neuf mois.

Lorsqu'il apprend ce détail par ses collègues, le commissaire principal, Louis Carlier demande à voir le dénommé Gustave Mallet qui entre deux heures plus tard, tout gringalet, dans son bureau.

« Connaissez-vous Josette Antoine ?

– Non, répond le gringalet d'une voix méfiante.

– Pourtant, c'était une femme de cinquante ans – l'âge que vous préférez – et elle a été violée et tuée le lendemain de votre sortie de prison... »

Le gringalet pousse de hauts cris. C'est vrai qu'il a souvent menacé les femmes avec un rasoir ou un couteau, mais il n'en a jamais blessé aucune. Il a besoin de résistance pour accomplir l'acte sexuel mais il n'a jamais torturé ou tué ses victimes.

Après un long interrogatoire le gringalet ressort du bureau du Principal sans que celui-ci se soit fait une opinion définitive. Pour toutes sortes de raisons, il est impossible de l'accuser du meurtre de Josette Antoine, mais impossible de l'en disculper totalement.

C'est alors que survient un nouveau coup de théâtre.

Le commissaire principal désirant connaître le détail des charges qui pourraient être relevées contre le gringalet, a convoqué Yvonne Marcellon. Elle a le physique de son caractère : grande, solide, agréable malgré ses cheveux gris, et parfaitement sereine :

« A quoi ça sert, tout ça ? » dit-elle.

Le principal est estomaqué :

« Qu'est-ce que vous voulez dire ?

— Oui... Lorsque ce garçon sera condamné, je suppose qu'ils vont le remettre en prison et il sera dans la rue au bout de huit jours !

— J'espère bien qu'il va écoper d'une sentence plus sévère que ça ! grogne le principal.

— Oh ! La sentence sera peut-être plus sévère. Mais au bout de huit jours il aura déjà une permission de sortie. Dans cette nouvelle prison pilote, tout ce qu'on demande aux prisonniers c'est qu'ils soient de retour le soir à 10 h 30 et qu'ils y passent la nuit ! »

Le commissaire principal interroge du regard ses collaborateurs.

« C'est vrai, monsieur le principal. Depuis quelque temps, l'administration a transformé la prison de Bellevue en un centre ouvert. Beaucoup de détenus ont la permission de sortir toute la journée pourvu qu'ils soient de retour à 10 h 30. »

Mais le commissaire principal n'écoute déjà plus. Il murmure :

« 10 h 30... 10 h 30... »

Un autre des policiers est subitement tout excité :

« Je sais à quoi vous pensez, monsieur le principal... Edouard n'était jamais chez Josette Antoine après dix heures du soir. Et il arrivait après huit heures du matin. Et si notre veilleur de nuit était tout simplement incarcéré dans cette prison ? »

Dès que le commissaire principal appelle la prison pour leur demander s'ils ont un détenu répondant au prénom d'Edouard, âgé d'environ quarante-cinq ans, brun, mesurant 1,90 m et pesant cent dix kilos, il lui est aussitôt répondu qu'il s'agit sans doute d'un certain Edouard Grandpierre, officiellement fugitif depuis quatre jours.

« Edouard Grandpierre ! Edouard Grandpierre ! »

Le commissaire principal est littéralement suffoqué :

« Comment ! Depuis trois mois vous laissez sortir la journée entière Edouard Grandpierre ? L'un des plus dangereux criminels sexuels du Québec ? »

Et sans entendre les bredouillements de son interlocuteur, il demande autour de lui :

« Sa fiche ! Vite, il nous faut sa fiche ! Je crois qu'il a dû être condamné au moins vingt fois ! »

Puis il apostrophe à nouveau son correspondant au téléphone.

« Vingt fois ! Vous entendez : vingt fois ! »

Et il raccroche.

« Cela dit, mes enfants, je voudrais bien savoir comment un homme peut violer une femme consentante et pourquoi il la tuerait après... »

L'explication que cherche le commissaire, il faudra l'attendre six mois.

Edouard Grandpierre : première attaque pour viol lorsqu'il avait quinze ans seulement. Envoyé dans une ferme pour enfants délinquants. Il a violé depuis un nombre inconnu de femmes de quatorze à soixante-dix ans. Beaucoup ayant été violées pendant qu'il était en permission de prison. Déserteur, pendant son service militaire, il est accusé plusieurs fois de vols et attaques à main armée. En 1956 il épouse une fille de dix-huit ans qui lui donne trois enfants. Déménageant treize fois en sept années de mariage il subit une vingtaine de condamnations pour attaques sexuelles – quatre d'entre elles pour viol.

En 1966, Edouard Grandpierre écrase la tête d'une jeune fille de dix-neuf ans avec une massue et la viole. En 1973, il viole et bat jusqu'à ce qu'elle perde connaissance une femme de soixante-trois ans.

Condamné à six ans, il est envoyé dans la prison pilote où depuis trois mois on lui permettait de sortir.

Sous traitement psychiatrique continuel, depuis trente ans, il a été considéré comme guéri de ses tendances vingt-deux fois, et par des psychologues compétents. L'observateur naïf peut d'ailleurs se demander en quoi ces psychologues-là étaient compétents. Certainement pas en matière de viol, en tout cas.

Retrouvé à Montréal et ramené à Québec, il

répond enfin à la question du commissaire principal :

« Pourquoi as-tu violé ta maîtresse ?

– Le matin, je lui avais raconté mon passé. Je venais de lui avouer que j'étais prisonnier à Bellevue. Elle a pris cela très mal et a voulu se refuser à moi. Cela m'a mis hors de mes gonds. Je ne peux pas supporter qu'une femme me résiste. Pendant que je la violais, elle s'est mise à hurler, alors j'ai dû la tuer. »

Condamné à vie, cette fois, Edouard Grandpierre est-il encore en prison ?

LE DERNIER COMBAT

« Vous êtes d'origine italienne monsieur Vecks ? »

Le policier sait parfaitement que son interlocuteur s'appelait Vecchi au moment de l'immigration de sa famille aux Etats-Unis. Comme il sait parfaitement que Stan Vecks représente une fortune à Los Angeles, et que cette fortune il la doit au vieux Vecchi, son père, petit tailleur devenu géant du prêt-à-porter.

Mais lorsqu'un policier américain a devant lui le fils d'un immigré italien, il pose toujours la question. Elle sous-entend cette question : « Est-ce que, par hasard, la Maffia aurait le nez dans vos affaires ? »

Stan Vecks n'a plus grand-chose d'italien pourtant. Cet homme d'une cinquantaine d'années, à la stature athlétique, et aux cheveux bruns, dirige ses affaires à l'américaine. Efficacité, rendement, expansion, il ne semble pas touché par la crise. Ses nombreuses boutiques affichent des produits de qualité courante, mais toujours au fait de la mode. Il a, semble-t-il, le don de prévoir ce que les jeunes Américains auront envie de porter le mois suivant. Qu'il s'agisse de pantalons, de tenues de sport, de robes africaines ou chinoises, il a toujours précédé la mode.

Stan Vecks est un homme riche. Mais lorsque cet homme riche vient trouver la police un matin de janvier 1976, pour lui dire : « On a kidnappé mon fils », la police pense immédiatement au règlement de compte, donc à la Maffia. Stan Vecks s'y attendait.

« Vous en savez suffisamment sur moi pour être sûrs que je n'ai pas d'ennemis professionnels. Tous les Italiens d'Amérique ne sont pas des maffiosi.

– Quelle est votre idée sur l'enlèvement de votre fils, monsieur Vecks ? »

Le policier américain, lui, pourrait être italien, mais il ne l'est pas. Robert Convell a gravi tous les échelons administratifs depuis le simple flic de carrefour, jusqu'au grade d'inspecteur, avec une obstination remarquable. Petit brun frisé, l'œil noir et le teint basané, il doit tout cela à une mère portoricaine. Né dans les bas quartiers, il a tout appris à l'école de police, même l'orthographe, et la manière de nouer sa cravate. Il observe son interlocuteur avec attention.

« Je veux dire, connaissez-vous ses copains, ses relations, quelqu'un l'a-t-il menacé récemment ? Avez-vous entendu parler de bagarre ou de drogue ?

– J'ai entendu parler de drogue en effet.

– Votre fils se drogue ?

– Je le crains.

– Ce n'est pas une réponse monsieur Vecks ! Vous l'avez constaté vous-même ?

– Oui. En fait, je me doute de cela depuis plusieurs mois. Dany est un garçon faible, sa mère ne l'a pas élevé comme je l'aurais souhaité. Il a abandonné ses études à seize ans, c'est à ce moment-là que je l'ai pris avec moi, j'espérais redresser la situation, mais apparemment il était trop tard. Mon fils ne pensait qu'à une chose : sortir la nuit, et dormir le jour. J'ai essayé de l'intéresser à mes affaires sans grand résultat. Il a été vendeur dans une de mes boutiques pendant un mois. Une vraie catastrophe. Ses copains avaient envahi le magasin, j'ai été obligé d'abandonner.

– Quel genre de copains monsieur Vecks ?

– Quel genre ? Mais je n'en sais rien malheureusement. Comment voulez-vous déterminer le genre des jeunes d'aujourd'hui ? Ils se ressemblent tous. Un étudiant à l'Université porte le même blue-jean qu'un traîneur de savate, les mêmes cheveux mal peignés, et ils fument les mêmes saloperies ! »

Stan Vecks paraît très choqué par l'enlèvement de son fils. Il a reçu le matin même un coup de téléphone et au cours d'une brève conversation, la voix déformée d'un homme lui a dit :

« On a enlevé ton fiston. Si tu veux le revoir vivant, faudra cracher cent mille dollars. Salut, et pas d'affolement avec les flics ! »

C'était à huit heures du matin, ce dimanche.

Le père s'est précipité dans la chambre de son fils, vide et en désordre. Il a appelé la mère, dont il est divorcé depuis des années, elle ne savait rien. Il a tourné en rond à côté du téléphone jusqu'à midi, sans recevoir d'autre appel. Enfin, il est venu voir la police, lui-même. Et c'est un peu cela qui intrigue le policier. Un homme de son importance aurait dû téléphoner, prévenir un avocat, ses amis, le gouverneur puisqu'il le connaît. Et au lieu de cela, il est venu voir la police, comme un simple quidam.

« Vous acceptez la surveillance traditionnelle monsieur Vecks ? Table d'écoute et tout le tremblement ?

– Bien sûr.
– Qui est resté près du téléphone chez vous ?
– Ma secrétaire.
– Elle est au courant ?
– C'est la seule personne en qui j'ai confiance.
– Et votre femme ?
– Elle habite San Francisco, elle ne sait rien, elle n'est bonne à rien, c'est une hystérique qui passe sa vie chez les psychiatres. Et c'est à elle, que le tribunal avait confié mon fils, vous voyez le résultat ! Il se drogue, et on le kidnappe ! »

Le policier aurait envie de lui dire : « Possible, mais c'est chez vous qu'on a enlevé le gamin. » Cet homme sûr de lui, intransigeant, a-t-il su capter la confiance de son fils ? Un jeune qui se drogue a des problèmes; le père les a-t-il devinés ? Il est pâle, inquiet, nerveux, comme n'importe quel père dans un cas semblable. Et pourtant le policier devine quelque chose d'autre. Il ne sait pas quoi. Une faille quelque part...

Tandis que le système policier se met en place, voitures banalisées autour de la propriété de Stan Vecks, table d'écoute, recherche des témoins éventuels, interrogatoire des domestiques, des copains, des employés des divers magasins de Los Angeles portant la marque Stan Vecks... Dany, le fils, se réveille dans une cave. Il a mal à la tête, envie de vomir, et ne se souvient de rien. Mais la réalité lui saute brutalement aux yeux : il est attaché, ficelé sur un sommier métallique, des poignets aux chevilles. Les cordes sont si serrées qu'il ne peut pas bouger d'un millimètre. Une terrible angoisse le saisit, et il se met à hurler comme un forcené.

Au bout de quelques minutes, un porte s'ouvre,

et un éclair lumineux le frappe en plein visage, tandis qu'une voix vulgaire l'interpelle :

« Tu vas la boucler petite frappe ? »

Dany se fige de terreur. Mais que lui arrive-t-il ? Que s'est-il passé ? C'est cette drogue qu'on lui a refilé la veille, contre cinq cents dollars ? C'est un cauchemar ? Il se tord désespérément sur le sommier métallique dont les ressorts lui meurtrissent le dos, et s'aperçoit qu'il est nu, ou presque. Il supplie :

« Sortez-moi de là. S'il vous plaît, détachez-moi ! Qu'est-ce que vous voulez ? Qu'est-ce que je vous ai fait ? »

Une gifle énorme comme un coup de massue l'assomme en guise de réponse.

« Tiens-toi peinard. Si tu gueules une seule fois, t'en auras dix comme celle-là, d'accord ? »

Et la porte se referme, le noir retombe, le silence, plus rien. Plus rien qu'une nausée abominable, faite de peur et de relents de drogue mal assimilée. Dany s'évanouit, son cœur flanche, il se sent partir, partir, comme si la vie le quittait. Il va mourir, c'est sa dernière pensée, avant le grand vertige.

Dans la propriété de Stan Vecks, c'est l'attente. L'homme d'affaires sursaute à chaque sonnerie. Car il n'a pas voulu que l'affaire soit rendue publique. Mis à part sa secrétaire, une fidèle vieille fille, et dévouée depuis plus de vingt ans à son patron, personne n'est au courant. La presse n'est pas informée. La vie continue à l'extérieur comme si de rien n'était. Alors le téléphone sonne pour les affaires courantes, Stan Vecks a justifié son absence du bureau et celle de sa secrétaire pour une maladie inventée de toutes pièces. Il l'a choisie cette maladie, de manière à ne recevoir aucune visite de ses collaborateurs. Officiellement, il a les oreillons. Pas un cadre de la société, pas un comptable, pas un acheteur en ce cas-là, ne franchira le portail de la maison.

Le policier admire en sirotant une tasse de café.

« Bravo pour l'idée, je m'en resservirai à l'occasion. »

Mais les heures passent sans amener d'autre message des ravisseurs. Cent fois, le policier a essayé de décortiquer le problème, pour en arriver à une seule hypothèse :

« Si votre fils nageait dans les milieux de drogués, nous risquons d'avoir affaire à une bande minable, qui espère vous soutirer du fric, pour leur consommation personnelle. Dans ce cas, ils rappelleront très vite, ce sont des dingues, des excités, des malades, pas des professionnels. Mais nous risquons aussi d'avoir affaire à plus coriace. Votre fils a pu être mêlé à une sale histoire, soit qu'il ait promis de payer et qu'il ne l'ait pas fait, soit qu'il ait été imprudent. Dans ce cas, ils nous laisseront mijoter deux ou trois jours avant de se manifester.

– Et s'ils ne le font pas ?

– Autant que vous le sachiez, c'est que votre fils sera mort, ou qu'il l'est peut-être déjà.

– Mais, alors, pourquoi ce premier contact ?

– Pour égarer les soupçons. Faire croire à une demande de rançon. C'est pas mal, pour camoufler un crime ou une exécution. La police perd du temps à attendre, tandis que les assassins en gagnent pour faire disparaître les indices. Dites-moi monsieur Vecks, votre fils disposait de beaucoup d'argent ?

– Non. A son âge, nourri et logé, sans travail,

je ne voyais pas la nécessité de l'encourager à la paresse.

– Comment se procurait-il de la drogue ?

– Je l'ignore, il a pu voler de l'argent à la maison, mais je ne m'en suis pas aperçu.

– Quel genre de drogue ?

– Je ne sais pas inspecteur. Un jour, j'ai découvert qu'il fumait de la marie-jeanne, nous avons eu une discussion sérieuse à ce sujet, mais il semblait croire que ce n'était pas plus grave que le verre de whisky que je bois tous les soirs. J'ai essayé de comprendre moi aussi, mais de le voir traîner dans la vie sans intérêt pour rien, sans volonté, sans passion, j'ai fini par perdre patience. Un soir je l'ai trouvé dans le jardin, complètement malade, il se piquait à l'héroïne je suppose...

– Votre réaction ?

– Violente, je le reconnais. Je l'ai giflé, il n'a même pas réagi. Je l'ai menacé de le jeter dehors, il n'a même pas répondu. J'ai essayé de parler de cure de désintoxication, il m'a ri au nez.

– Il était très atteint ?

– D'après moi, oui. Mais le lendemain il est venu me parler presque sérieusement, il m'a dit que ce n'était qu'un passage, qu'il s'en sortirait, mais que ce monde était pourri, et qu'il avait du mal à s'y faire. Il me demandait du temps. J'ai eu la faiblesse de le croire. En réalité, il n'a rien fait pour s'en sortir. Je lui ai confié un petit atelier, il voulait dessiner des modèles, et être seul. Au bout d'un mois, je lui ai rendu une visite surprise : Un désastre... L'atelier était transformé en fumerie. Il y avait des filles qui dormaient par terre, de la nourriture empilée sur les tables à dessin, c'était sale, immonde, puant, et il n'avait pas dessiné le moindre croquis bien entendu. Alors, j'ai flanqué tout le monde à la porte. Il est rentré à la maison, et il a recommencé à traîner la nuit, et à dormir le jour. Je ne savais plus quoi faire.

– Ensuite ?

– Rien. C'était il y a un mois à peu près. Et maintenant il a disparu. J'ai honte de mon fils, inspecteur. Je me regarde dans la glace parfois, et je me demande pourquoi il est comme ça, faible, lâche, paresseux. Mais ce n'est pas de ma faute, je refuse toutes ces histoires de responsabilité des adultes ou de la société. Mon fils est un raté, c'est lui qui l'a décidé et personne d'autre.

– Et sa mère ? Vous disiez que...

– Ça n'est pas une excuse. Il n'y a pas d'excuse ! Mon fils n'a pas dans les veines que le sang de sa mère. Il a le mien. Il me ressemble forcément. Il y a en lui ce qu'il y a en moi, le goût de vivre, de travailler, de réussir quelque chose, il faudra qu'il y arrive, de gré ou de force.

– S'il revient de cette aventure monsieur Vecks...

– S'il en revient, oui. Mais il faut qu'il en revienne, je ne supporterai pas de le perdre. »

Le policier corrige mentalement : « Il ne supportera pas de perdre, tout court. Cet homme est un combattant. Qu'est-ce qu'il me cache ? Je ne vois pas ce qu'il me cache... »

Le premier jour n'a pas apporté de nouvelles. Le deuxième non plus. La police n'a aucun indice. Dany Vecks, dix-neuf ans, a été enlevé le 4 janvier 1976, et nous sommes le 15 janvier. Les ravisseurs n'ont pas donné de nouvelles. La police piétine, et le père refuse toujours d'informer la presse. C'est son droit, mais le policier n'est pas d'accord.

« Vous vous privez des témoignages de gens

qui auraient pu l'apercevoir, laissez-moi au moins diffuser son signalement.

– Je ne veux pas qu'on le sache.

– Monsieur Vecks, votre fils est peut-être mort à l'heure actuelle, ou du moins en danger de mort. Vous perdez du temps. Vous voulez le retrouver oui ou non ?

– Bien sûr ! Qu'est-ce que vous insinuez ?

– Je n'insinue rien. Je trouve votre attitude criminelle.

– C'est moi le criminel maintenant ? Vous m'avez dit vous-même que dans ces milieux de drogués, on n'arrivait à rien, et vous l'avez prouvé. Aucune piste, pas un de ses petits copains que vous avez enfermés au hasard, ne vous a révélé quoi que ce soit.

– Parce qu'il n'y a peut-être rien à révéler.

– Comment ça ? Qu'est-ce que vous voulez dire ?

– Votre fils a peut-être disparu de lui-même. Il a peut-être monté toute cette histoire pour vous échapper définitivement ?

– Ridicule, il est bien trop faible, trop lâche pour prendre une décision de ce genre. De plus, il pouvait quitter la maison sans inventer un scénario aussi ridicule, il savait que je n'irais pas le chercher, il était libre. Je lui ai toujours dit : Tu es libre de vivre où tu l'entends. Et il est resté ici. Comme s'il me voulait le témoin privilégié de sa déchéance. Non, je vous dis qu'il a été enlevé par des minables, et les minables ont eu peur de vous, vos hommes sont visibles à des kilomètres. Ma maison est un vrai blockhaus depuis que vous êtes là !

– Vous auriez préféré agir seul ? Il fallait le décider plus tôt !

– C'est trop tard, d'accord, mais faites quelque chose bon sang, retrouvez-le ! S'il faut payer, je paierai. N'importe quoi à n'importe qui ! »

Ce même 15 janvier, dans la cave où délire le jeune Dany Vecks, deux hommes, aux visages revêtus de cagoules, discutent entre eux :

« Si ça continue, il va crever ce môme, pas moyen de le faire manger...

– C'est pas notre problème. On ne bouge pas avant une semaine, c'est convenu comme ça.

– Et si on ramène un cadavre ?

– On va le faire bouffer de force...

– Et si on lui filait un peu de drogue ?

– Pas question.

– J'aime pas ça, Ned, ça sent mauvais !

– Ne prononce pas mon nom, imbécile...

– D'accord, d'accord, c'est toi qui a pris l'affaire, mais même pour cent mille dollars, j'ai pas envie de trimbaler un cadavre.

– Je te dis qu'il ne va pas crever ! Il est en manque, c'est tout.

– Mais pourquoi attendre bon sang ! Téléphone, réclame le fric, et barrons-nous, j'en ai marre de vivre comme un rat avec ce malade.

– Non, j'ai dit une semaine ! Et ça sera comme ça.

– Et comment ça va se passer, à ton idée ? Si on se fait alpaguer par les flics ?

– Impossible, tout est prévu.

– Il faudra bien aller chercher le fric ?

– Je l'ai déjà le fric, pauvre pomme.

– Comment ? Tu as le fric, et tu nous fais rester là ? On joue les gardes-malades ou quoi ?

– On joue à ce que j'ai décidé.

– Pas question, je veux ma part, Ned ! J'en ai marre de pas savoir, j'en ai marre de flanquer des gifles à ce type, et de ramasser ses ordures, je veux profiter de mon fric au soleil tu comprends ?

– Je comprends que si tu continues, c'est toi qui vas les prendre les gifles. D'ailleurs tu peux te tirer, rien ne t'en empêche.

– Et ma part ?

– Ta part c'est dans une semaine, c'est le contrat.

– Le contrat, le contrat. Avec qui tu l'as passé ce contrat ? Hein ? Si on te file cent mille dollars pour faire la bonne d'enfant, c'est que le contrat vaut plus que ça ? J'ai le droit de savoir !

– Y'a rien à savoir... »

Le ton des deux hommes a monté, et ils n'ont pas vu le regard de leur victime se tourner vers eux dans la pénombre de la cave. Sa voix faible les surprend.

« Moi je sais ce qu'il y a à savoir...

– Toi l'avorton, tu la boucles ! »

Le plus grand des deux hommes masqués, celui qui s'appelle Ned, a bondi comme un fauve, main levée.

Mais Dany Vecks n'a plus peur des coups. Plus peur de rien. Il en a tant reçu depuis qu'il est attaché là, son corps est si meurtri, il est si faible, si maigre, si malade, que plus rien ne peut l'atteindre. Il a subi les pires humiliations : depuis dix jours on le fait boire de force avec un entonnoir, on lui bourre la nourriture dans la bouche, et il la recrache. Personne ne l'a lavé, personne ne lui a permis de se lever pour vomir, ou faire ses besoins. De temps en temps, un seau d'eau est déversé sur le sommier. Une odeur pestilentielle l'environne, la fièvre, le manque de drogue et de nourriture, ses membres paralysés par les attaches, ont fait de ce grand garçon brun, au regard pâle et bleu comme celui de sa mère, une loque sans nom. Mais pour la première fois, il parle.

« C'est mon père qui vous paie, hein ? »

Ned lui assène une gifle sur la bouche pour le faire taire, et Dany s'évanouit sous la violence du coup. Mais l'autre homme masqué a bondi.

« Alors c'est ça ? Ta combine c'est avec le père que tu l'as montée ? Mais qu'est-ce que ça veut dire ?

– Rien. Mets pas ton nez là-dedans. Si tu veux ton fric !

– Mais t'es dingue ! Il a compris lui ! Et s'il vit encore dans une semaine, il racontera tout à la police !

– Et alors ? Qu'est-ce que tu crois ? Le père est avec nous, il n'a pas intérêt à raconter des salades. Quand à lui, il nous a jamais vu, il ne sait pas qui on est, ni d'où on sort... Dans une semaine on le lâche sur la route, la police le trouve, et nous on file. Le fric est en sûreté depuis longtemps je te dis...

– J'aimerais mieux qu'il crève avant...

– Que je ne te voie pas faire ça, Rudy ! S'il est mort, on n'aura rien. Le père nous dénonce et lui, il me connaît ! Alors, fais gaffe Rudy, t'entends ? Fais gaffe ! »

Le 18 janvier, dans le salon de l'homme d'affaires Stan Vecks, l'inspecteur se case dans un fauteuil de cuir.

« Vous avez des affaires à Mexico, monsieur Vecks ?

– Où voulez-vous en venir ?

– Le F.B.I. a enquêté de ce côté-là. Ils ont jeté un œil dans vos livres de comptes là-bas...

– De quel droit ? Qui vous a permis ?

— Il fallait bien. Le juge a été compréhensif...

— Mes affaires sont en ordre.

— Pas vos comptes, monsieur Vecks, il manque cent mille dollars, vous les avez fait virer sur un compte personnel, en trois mois, par petites tranches.

— C'est mon droit !

— Qu'est devenu cet argent, monsieur Vecks ? Ce compte est vide, vous l'avez soldé il y a dix jours, il ne reste que trois dollars à votre crédit.

— J'avais prévu une demande de rançon, c'est tout...

— Alors montrez-moi l'argent, et dites-moi pourquoi vous avez viré la première somme, trois mois avant l'enlèvement de votre fils ?

— Je n'ai plus cet argent, c'était une précaution contre le fisc...

— Où est-il ? Et pourquoi avouer une magouille avec le fisc aussi facilement ?

— J'ai d'autres soucis en tête que le fisc. Mon fils a disparu, j'ai utilisé cet argent pour payer un homme.

— Quel homme ?

— Il m'a contacté dans la rue, il voulait la rançon. Je la lui ai remise il y a trois jours.

— Vous mentez monsieur Vecks. Mes hommes ne vous ont pas lâché depuis le début, personne ne vous a contacté.

— Prouvez-le !

— Pour quoi faire ? C'est inutile. Je sais que cet argent a été remis à quelqu'un avant que la police entre en scène. Très probablement le matin de l'enlèvement.

— Et si c'était le cas ? J'avais le droit d'agir sans vous prévenir.

— Ça ne colle pas monsieur Vecks ! Vous n'avez pas la tête d'un homme qui a peur que son fils soit mort. Or ce serait le cas, si vous avez payé d'avance. Des kidnappeurs ne prennent pas de risques avec leurs victimes adultes. Ils vont vous le rendre quand ?

– Mais je l'ignore ! Comment voulez-vous que je le sache ?

– Parce que vous avez tout manigancé depuis le début !

– C'est ridicule !

– Oh ! non monsieur Vecks, ce n'est pas si ridicule que ça. J'ai bien réfléchi depuis que nous sommes sûrs de nos informations à Mexico, et je me suis mis à votre place. Vous avez voulu donner une leçon à votre fils. Vous avez voulu qu'il dégringole le plus bas possible, qu'il comprenne jusqu'où peut mener une vie comme la sienne. Vous l'avez fait enlever, pour lui flanquer la trouille de sa vie, un genre d'électrochoc... hein ? Et un jour on va le ramasser dans le désert, sur une route ou dans un bistrot, et il croira à votre histoire...

– Je vous interdis de formuler ce genre d'accusation, mes avocats se chargeront de ça, je vous le promets !

– D'accord, monsieur Vecks, mais j'espère que votre fiston est toujours vivant. J'espère qu'il ne vous sera pas rendu à moitié dingue, j'espère que vous aviez raison de faire ça... sinon...

– Sinon ?

– Sinon, premièrement vous rendrez des comptes à la police, de toute façon, je ne vous lâcherai pas.

– Vous n'arriverez à rien, vous fabriquez une hypothèse ! C'est tout...

– Non. Si vous avez raté, vous le saurez très vite. On peut perdre définitivement son fils, en voulant le récupérer de force, monsieur Vecks...

– Si c'était le cas, inspecteur, mais ça ne l'est pas, eh bien si c'était le cas, je préférerais le perdre définitivement pour moi, mais qu'il se retrouve lui-même! Vous pouvez comprendre ça ? »

Le 22 janvier 1976, une patrouille de police découvrait le corps inanimé de Dany Vecks, dans une décharge publique.

Plusieurs mois de soins en hôpital et en maison de repos furent nécessaires avant qu'il ne retrouve un équilibre.

Lors de son dernier interrogatoire, en août 77, devant le juge de Los Angeles, Dany Vecks déclara :

« J'ignore le nom de mes ravisseurs, je n'ai jamais vu leurs visages, et je ne sais pas pourquoi ils m'ont enlevé. J'imagine que lassés d'attendre la rançon, ils m'ont relâché de peur que je ne vienne à mourir. Mon père a pris un risque en tenant l'affaire secrète, mais je suppose qu'il savait ce qu'il faisait. Son attitude a eu le mérite de ne pas affoler les ravisseurs... »

Et en 1978, lors d'une conférence sur la drogue, le jeune Dany Vecks âgé de vingt-deux ans, raconta toute l'histoire. Sa conclusion était la suivante :

« Je ne vis plus avec mon père pour l'instant, nous devons laisser passer du temps... Un jour, peut-être, nous ferons connaissance à nouveau. »

Un jour, peut-être...

DEUX JEUNES AMOUREUX TIMIDES ET PAUVRES

APPUYÉ contre le lambris de bois poli et ciré par le crâne de mille clients Joseph Marischka, cinquante ans, achève sa deuxième chope de bière de la soirée dans une antique brasserie de Vienne. Il est fasciné par le jeune couple qui lui fait face, de l'autre côté de la salle. Pas tant parce que la fille est toute jeune (entre seize et dix-sept ans), jolie, fraîche et la poitrine bien moulée dans un pullover beige fatigué. Pas tant parce que le garçon – guère plus âgé – a un curieux visage tout en longueur. Ce n'est pas non plus parce qu'ils sont visiblement très amoureux l'un de l'autre. Si Joseph ne peut en détacher les yeux c'est qu'ils ont visiblement faim et sont sans argent. Voici vingt minutes déjà qu'ils s'efforcent de faire durer un verre de bière et un sachet de bretzels commandés pour eux deux.

Dans ce décor enfumé, chaud et vieillot où Joseph aime finir ses soirées solitaires lorsqu'il sort du cinéma, personne ne remarque les deux jeunes gens. Ce sont presque des enfants dont il pourrait être le père.

Un instant, encore, il les observe puis allonge la

main vers son manteau pour s'en aller. C'est alors qu'il fronce les sourcils. Sur la joue de la jeune fille coule une larme que le garçon, par un baiser, prend dans ses lèvres. La gorge du brave Joseph Marischka se serre. N'y tenant plus il appelle le serveur :

« Heinrich, voulez-vous servir deux choucroutes garnies et deux demis à ces jeunes gens ? »

Le serveur, étonné, tourne la tête vers les deux amoureux.

« Ceux-là ? » dit-il.

Joseph hausse les épaules.

« Evidemment, ceux-là... »

La question lui paraît stupide : hormis les deux jeunes gens, il ne voit en face de lui que trois célibataires somnolents et un couple d'alcooliques quasiment ivres morts. Si Heinrich s'étonne c'est pour une autre raison sans doute.

« Vous êtes trop bon, dit-il, mais c'est votre argent c'est pas le mien. »

Lorsque Heinrich pose sur leur table les deux choucroutes fumantes et les deux chopes de bière mousseuse, les jeunes gens regardent Joseph avec étonnement. Celui-ci se lève et vient s'asseoir à leur table.

« Ne vous en faites pas, mes enfants, mangez. C'est tout ce que je vous demande. »

Un peu gênés, rougissant, ils s'attaquent à leur choucroute d'un seul élan.

Quand, à demi essoufflée la fille se décide à porter sa chope jusqu'à ses lèvres elle sourit et murmure timidement :

« Merci, monsieur, nous avions faim. »

Et le garçon ajoute :

« Nous n'avions rien mangé, depuis quarante-huit heures. »

Ce n'est que lorsqu'ils sont enfin rassasiés que

Joseph les interroge. Leur histoire est simple : elle, Margareth, est orpheline. Lui, Franz, a fui le domicile de ses parents opposés à sa liaison avec Margareth. N'ayant de travail ni l'un ni l'autre et bien entendu pas un sou, ils ont vendu leurs manteaux et le peu de linge qu'ils possédaient. La nuit dernière ils ont dormi sur un banc du Prater, le grand parc de Vienne.

Le brave Joseph Marischka sourit en hochant la tête :

« Vous avez dû avoir froid...

– Pas trop... dit le garçon.

– Franz m'a serrée toute la nuit dans ses bras », explique Margareth avec un attendrissant sourire qui découvre entre ses lèvres une double rangée de petites perles.

« Bien entendu, vous ne savez pas ce que vous allez faire maintenant ? Bon, alors écoutez, je vis seul. Je suis divorcé et mon fils est aux Etats-Unis. J'ai un grand appartement, je vous emmène. Demain matin nous aviserons. Je pourrai peut-être vous aider à trouver du travail ? »

A huit heures du matin. Dans un bel appartement vaste et cossu au dernier étage d'une vieille maison bourgeoise d'un quartier résidentiel de Vienne, Joseph Marischka s'éveille avec un épouvantable mal de tête.

« Tiens... se dit-il, pourquoi diable ai-je mal à la tête ? Aurais-je trop bu hier soir ? »

Il essaie de rassembler ses idées :

« Ah ! oui, je n'ai bu que deux chopes de bière, mais j'ai ramassé ces deux pauvres gosses amoureux. »

Petit à petit les souvenirs lui reviennent. Il se revoit faisant monter Margareth et Franz trimbalant un sac de toile dans sa voiture garée à sa place dans le parking. Ils ont grimpé à l'appartement. Là tandis que Margareth et Franz faisaient leur lit dans la chambre de son fils, avec les draps qu'il venait de leur donner, il a bu « à leurs amours » une nouvelle bière, arrosée cette fois d'un cognac à la manière allemande.

Joseph marmonne pour lui tout seul :

« Cela ne fait jamais que trois bières et un cognac. Il n'y a pas de quoi avoir un mal de tête aussi effroyable. »

Un rayon de soleil d'automne se glisse entre les volets, éclairant au pied de son lit la silhouette blonde de la jolie Margareth. Son visage est tout nimbé de lumière. Ses épaules luisent car elle n'a pas son pauvre pull-over de laine beige et sa poitrine menue éclate dans une combinaison trop étroite. Mais on dirait qu'elle a quelque chose de changé : elle ne sourit pas. Elle n'a pas comme hier soir l'air timide.

Eh bon sang ! Pourquoi Joseph a-t-il mal à la tête comme cela ?

« Bonjour Margareth, dit-il. C'est gentil de venir me réveiller. Vous avez bien dormi ? Moi j'ai un de ces mals de crâne ! »

En même temps, il veut porter la main à son front, mais il ne peut pas. Sa main est attachée à son lit. Et l'autre main aussi est attachée. Ainsi que ses deux pieds.

L'attendrissante petite Margareth ne lui répond même pas. Elle se détourne et appelle :

« Ça y est, Franz, le vieux est réveillé ! »

Tout ce que peut faire Joseph qui, pendant quelques instants, se refuse à comprendre, c'est lever la tête et regarder autour de lui d'un œil exorbité.

Un fil électrique est enroulé autour de son

corps et du sommier à la hauteur de la ceinture. Sur son épaule droite il voit une tache humide et brunâtre... « Ma parole, c'est du sang »... Oui c'est certainement du sang car traînent sur sa poitrine quelques morceaux de verre et sur la table de nuit le reste d'une bouteille brisée.

C'est clair, les deux jeunes gens l'ont assommé pendant son sommeil avec cette bouteille sans doute pour pouvoir l'attacher.

Franz, en bras de chemise, entre dans la chambre. Son visage tout en longueur est sarcastique :

« A nous deux, petit père. Tu dois bien avoir un peu d'argent ici ? »

Joseph réfléchit très vite : « Oui, bien sûr, il a un peu d'argent, pas beaucoup... S'ils lui prennent, il n'en mourra pas. Par contre, s'il refuse, Dieu sait ce qui peut arriver »...

« Oui, j'ai un peu d'argent... dit-il.

– Tu as bien aussi quelques bijoux ?

– Pas grand-chose, des boutons de manchette, une montre en or, plus celle qui est à mon poignet.

– Celle-là, c'est fait, mon vieux. »

Franz montre son poignet déjà orné de la montre prise à Joseph pendant son évanouissement et ajoute :

« C'est tout ?

– Ma foi oui. Un homme seul n'a pas beaucoup de bijoux. »

Franz se penche, lui saisit le nez entre le pouce et l'index pour le tordre violemment. Ce qui provoque une douleur atroce sous le pauvre crâne endolori de Joseph.

« Je te préviens, si tu nous caches quelque chose, tu vas souffrir... »

Si une violente angoisse n'avait pas envahi ce

malheureux Joseph il serait tout simplement affreusement déçu.

« Je ne vous cacherai rien. Vous pouvez tout prendre, je ne vous dénoncerai même pas.

– Oh! ça, mon petit père... s'exclame alors Margareth avec un sourire ironique, il n'y a pas de danger que tu nous dénonces. »

Là-dessus, sur les indications de Joseph les deux jeunes gens entreprennent le pillage systématique de l'appartement. Du travail d'amateur d'ailleurs. Ils n'ont aucune idée de la valeur des choses. Franz s'appropie un pardessus de cuir doublé d'une fourrure de nylon et un coupe-cigares parce qu'il le croit en argent. Margareth fait main basse sur un monceau de bijoux de pacotille abandonnés par la femme de Joseph lors de son divorce. Par contre, aucun d'eux n'a l'idée de s'emparer des livres rares qui sont dans la bibliothèque. Comment les auraient-ils transportés il est vrai? Et à qui diable les auraient-ils vendus?

Joseph les regarde s'agiter et pense qu'ils vont bientôt s'en aller. S'ils le laissent ligoté sur son lit il criera et l'un des voisins finira bien par venir le faire délivrer...

Mais non, Franz et Margareth n'ont pas l'air de vouloir partir si vite... Tournant la tête, Joseph assiste à un curieux spectacle.

Il aperçoit par la porte ouverte sur la table de la salle à manger le sac que Franz a trimballé toute la soirée. Le garçon en sort : un écheveau de fils électriques comme celui qu'on utilise couramment pour les fers à repasser, un rouleau de ruban isolant, des gants de caoutchouc, des pinces, des tournevis. Bref, tout un attirail d'électricien, de la ficelle et une corde.

« Qu'est-ce que vous faites? leur demande-t-il d'une voix angoissée.

– Tu vas le voir, petit père... » répond la jeune fille en riant.

Et lorsqu'elle rit, ses jeunes seins libres sautent sous sa combinaison trop étroite.

Après avoir arrêté le compteur dans le placard de l'entrée, le garçon fixe avec le ruban isolant des fils dont il a dénudé l'extrémité, aux pieds et aux mains du pauvre Joseph. Puis branche le tout sur l'installation électrique.

Cette fois, Joseph a compris. Il s'agite sur son lit.

« Mais vous êtes fou! Vous n'allez pas faire cela?

– Tais-toi! ordonne Margareth. Ou je te casse une autre bouteille sur la tête! »

Pour plus de sûreté, la fille le bâillonne avec deux mouchoirs qu'elle prend dans l'armoire. Puis elle aide son amant à soulever le lit dont le châssis est métallique, pour glisser sous chacun des pieds un sabot de caoutchouc.

« Maintenant, tu l'arroses », dit le garçon.

Margareth se rend à la cuisine, remplit une carafe d'eau qu'elle verse sur les membres du malheureux Joseph.

Puis elle enfile son pull-over tandis que le garçon remet tranquillement ses outils dans son sac.

Et tous deux, sans un mot, s'en vont vers la porte.

L'interrupteur du compteur de 220 volts est, dans l'entrée, dans un petit placard à droite de cette porte. La suite devrait être inéluctable : les jeunes gens vont ouvrir la porte et, juste avant de sortir, tourner le bouton de l'interrupteur. Les 220 volts vont passer dans le corps de Joseph longtemps... longtemps... jusqu'à ce qu'il soit mort.

Mais contre toute attente celui-ci ne se débat pas sur son lit. Il est tendu certes, les yeux hors de la tête, mais il ne se débat pas. Il observe, guette, car il a encore un espoir. Un tout petit espoir...

Dans l'entrée, Franz vient de s'arrêter devant la porte qu'il regarde en fronçant les sourcils...

« Qu'est-ce que c'est que ce truc ? » dit-il.

Il découvre en effet que la porte est munie d'une énorme barre de sécurité, enfoncée à chaque extrémité très profondément dans l'huisserie. Dans cette barre, au milieu, se trouve le bouton d'un verrou où s'ouvre un trou de serrure. Franz essaie de soulever la barre mais n'y parvient pas car elle est retenue sans doute par l'invisible verrou qu'elle recouvre.

A Margareth qui s'apprêtait à tourner le bouton du commutateur, Franz dit :

« Arrête ! »

Puis il retourne vers le lit où Joseph attend la suite, pâle comme un cadavre, et lui retire son bâillon.

« Où est la clef ?

– J'ai dû la remettre hier soir dans la poche de mon imperméable. »

Au moment où Franz veut lui remettre son bâillon, Joseph l'interrompt :

« Attendez, j'ai quelque chose d'important à vous dire. »

Le jeune homme le regarde avec méfiance, mais Joseph continue :

« Mon fils est bijoutier. Lorsqu'il vivait avec moi, il lui arrivait de garder ici des objets de valeur. Nous avons fait poser ce dispositif de sécurité qui est très particulier.

– Quoi. Y' a une alarme ?

– Non. Mais si en ouvrant vous tournez la clef dans le mauvais sens, le bouton du verrou tourne fou. Vous ne pourrez plus sortir.

– Qu'est-ce que tu me racontes là. A quoi ça servirait ?

– Vous allez comprendre. Du dehors, cette barre s'ouvre et se referme avec une clef. Vous sortez, vous fermez votre porte, vous faites deux tours. Ça y est : la barre est mise et rien, pas même une pince-monseigneur, ne peut la forcer... Mais il est toujours possible à un cambrioleur, bien que la porte soit blindée, de faire un trou près du verrou, d'y passer la main et d'ouvrir la barre de l'intérieur en tournant le bouton. Pour éviter cela, rien de plus facile : faire un troisième tour de clef et désormais le bouton du verrou tourne fou. Vous avez compris ?

– Oui.

– Mais ça fonctionne aussi de l'intérieur et hier soir j'ai donné deux tours de clefs. Si jamais vous donnez un troisième tour dans le même sens, vous êtes enfermés dans l'appartement. Il faudra téléphoner chez un ami qui a ma clef pour qu'il nous ouvre de l'extérieur.

– Et dans quel sens il faut tourner ?

– Pour que je vous le dise, il faut me détacher. »

Franz, déconcerté, pour quêter son avis se tourne vers Margareth qui s'est approchée d'eux :

« Moi j'y comprends rien. Qu'est-ce qui prouve qu'il ne nous raconte pas des histoires ?

– On va bien voir, remets-lui son bâillon. »

Pendant dix minutes, Joseph voit Franz s'acharner sur la fameuse barre de sécurité avec un tournevis et un marteau. Impossible de dévisser le verrou car il est caché par la barre. Impossible de défaire la barre puisqu'elle est maintenue par le verrou.

Alors, fou furieux, Franz revient se jeter sur Joseph pour lui arracher son bâillon. Margareth se munit d'une paire de ciseaux :

« Tu vas voir... dit-elle. On va le faire parler. »

Le sadisme de cette gamine est tel que Joseph comprend sans doute qu'il est inutile d'insister.

« Je vais vous le dire... dit-il. Mais promettez-moi de ne pas me tuer. Vous avez ma parole que je vous dénoncerai pas.

– C'est d'accord... dit Franz. Tiens, regarde... »

Et il arrache le fil qui reliait Joseph à l'installation électrique.

« Alors petit père, de quel côté il faut tourner ?

– A droite... Si vous donnez un seul tour à gauche, c'est fichu.

– Ça va, mais ne crois pas que tu vas t'en tirer comme cela...

– Tu rebranches le fil ? demande Margareth.

– Evidemment... Et toi tu lui remets son bâillon. »

Joseph étouffé par le bâillon, voit les deux jeunes gens se diriger de nouveau vers la porte.

Franz qui a pris au passage au portemanteau la clef dans la poche de l'imperméable de Joseph l'introduit dans la serrure.

Margareth a ouvert le petit placard et se tient prête à tourner le commutateur.

« Franz, pourvu que ce vieux salaud ne nous ait pas menti... »

Franz tourne lentement la clef d'un tour vers la droite... et tout de suite reste figé. Il y a eu un déclic bizarre. Délicatement, il veut donner un autre tour de clef dans le sens contraire. Mais la clef est devenue folle.

Les deux jeunes gens se retournent vers Joseph

qui n'a pas cessé de les regarder. Peut-être, devinent-ils sous son bâillon un vague sourire...

La suite était inéluctable. Comme il fallait appeler un ami de Joseph pour que celui-ci vienne ouvrir... Comme il fallait que ce soit Joseph qui téléphone... Comme l'ami eût été plus que surpris de trouver Joseph ligoté sur un lit, qu'il soit vivant ou mort... Comme il eût été non moins étonné de voir les jeunes gens s'en aller avec un butin quelconque, même dissimulé dans des valises. Comme de toute façon leur signalement aurait été connu, Franz et Margareth ont dû libérer Joseph Marischka. Celui-ci, à cinquante ans était encore un solide gaillard, une fois libre il ne les craignait guère : ils ont dû remettre tout en place. Lorsque l'ami de Joseph les a délivrés, ils étaient redevenus deux jeunes gens amoureux, timides et pauvres.

Pas pour longtemps. Afin d'éviter qu'ils ne rencontrent un autre brave Joseph, celui-ci appelait la police.

CARLA, BENITO, GINO, LA BELLE-MÈRE ET LES AUTRES

Le policier des frontières s'est dressé dans son box :

« Oui... Vous, Benito Corrado, attendez s'il vous plaît ! »

Il s'adresse à un homme jeune, brun, vêtu d'un jean et d'un blouson de cuir marron usé, qui tient solidement une des poignées d'un énorme sac de toile, l'autre poignée étant portée par une jeune femme brune plutôt jolie, vêtue d'un manteau de lainage noir à gros boutons de métal.

Tous deux ont pâli et jettent un regard désespéré à travers la vitre du poste frontière de Gênes vers le paquebot qui doit les conduire en Amérique du Sud.

« Mais le bateau va partir ! » dit la femme.

Le policier prend un air buté, décroche son téléphone, leur fait signe de revenir en arrière et d'attendre.

Quelques instants plus tard, Benito Corrado et sa compagne Carla Baldassare sont en présence d'un élégant inspecteur de la Sûreté de Gênes. La pluie bat les vitres du bureau, des nuages noirs roulent sur le port, si bas qu'ils donnent l'impression de se déchirer sur la tête des mâts.

L'inspecteur, prévenu depuis la veille que le couple suspect devait embarquer sur le *Michel-Ange* s'est fait adresser un long télex qui résume toute l'affaire, en avril 1959.

« Benito Corrado, dit-il, vous n'ignorez tout de même pas que vous êtes recherché comme témoin de la mort de Gino Baldassare ? »

L'homme et la femme se tournent une fois encore vers le paquebot qui s'apprête au départ et dont on entend jusqu'ici les ordres de la passerelle, ponctués par les sonneries de la timonerie. Benito est un homme simple, mais pas idiot pour autant. Il sait que s'ils ne partent pas maintenant, ils ne partiront plus jamais. Aussi est-ce avec chaleur qu'il répond à l'inspecteur :

« Gino Baldassare est mort, c'est vrai... Je me suis battu avec lui, c'est vrai aussi; mais je n'ai fait que me défendre et ce n'est pas moi qui ai provoqué l'accident.

– Ce n'est pas ce que disent les treize autres témoins. Tous vous accusent formellement.

– C'est normal, ce sont tous des Baldassare. Ils feront tout contre nous jusqu'à la mort...

– Peut-être, mais je suis désolé, il n'est pas question que vous quittiez l'Italie. »

Carla, assise sur le bord d'une chaise, pose ses mains tremblantes sur le bureau et regarde l'élégant inspecteur avec de grands yeux noirs suppliants :

« Je vous jure que c'est un accident et que Benito n'y est pour rien. Il s'est défendu, c'est tout. Il s'est battu avec Gino, c'est vrai, mais ce n'est pas lui qui a provoqué l'accident.

« ... Et si vous nous empêchez de partir, ajoute la jeune femme avec des sanglots dans la voix, qu'est-ce qui va se paser? Hein, je vous le demande? Les Baldassare vont nous retrouver M. l'inspecteur. Ils vont nous retrouver, et vous connaissez ces gens-là! »

A cette idée, Carla Baldassare devient pâle comme une morte.

On peut être élégant et sensible : l'inspecteur regarde le couple : ils doivent être amoureux. Ils sont donc sympathiques. Avant d'être affecté à la Sûreté de Gênes l'inspecteur était dans le Sud : alors, lui aussi, connaît « ces gens-là » dont parle la jeune Carla. A titre d'exemple, sa dernière affaire fut d'inculper un spectateur de cinéma, motif : il avait tué l'homme placé devant lui parce que sa coiffure trop haute l'empêchait de voir le film!

Pour l'élégant inspecteur originaire du Nord de l'Italie, les gens du Sud sont une autre race et les craintes de Benito et de Carla lui semblent tout à fait fondées. Seulement, il y a la loi. Il est là pour la faire respecter et si Benito est responsable de l'accident de moto qui a entraîné la mort du jeune Gino Baldassare, il ne peut pas quitter l'Italie.

Il jette un regard à travers la vitre sur le *Michel-Ange* où règne l'activité fébrile qui précède le départ. Dans un quart d'heure, le paquebot s'éloignera du quai. Ce n'est pas en quinze minutes qu'il pourra régler le problème. Son œil glisse vers Carla et Benito. Ils se sont pris la main et le regardent avec angoisse.

« Bon, dit l'inspecteur. Racontez-moi au moins votre version des faits. »

Benito, embarrassé, veut répondre, mais Carla ne lui en laisse pas le temps :

« Non... Tout vient de moi! C'est à moi de parler d'abord. »

Le récit incroyable qu'elle va faire en sanglotant, de façon précipitée, en butant sur les mots et en jetant des regards affolés sur le *Michel-Ange* se résume rapidement :

Il y a sept ans, elle se fiançait avec un jeune ouvrier agricole de son âge : Antonio Baldassare. Plusieurs fois, ils devaient reporter la date des noces faute d'argent.

« Nous allons nous marier, décidait enfin le jeune homme. Mais chacun de nous restera avec sa propre famille. Après la saison des récoltes, quand j'aurai pu mettre de côté un peu d'argent, alors seulement nous nous unirons. »

Ainsi fut fait. En attendant qu'arrive la belle saison, lui continuait à vivre avec sa mère Maria Baldassare et ses treize frères au 212 de la Via Croce, et elle continuait à demeurer avec sa sœur au 108 de la Via Croce.

Le drame survint alors que le couple n'était marié que depuis un mois. Antonio Baldassare travaillait dans la campagne lorsqu'il fut heurté par une voiture française qui le tua sur le coup. Carla se retrouva donc veuve après un mois, mais sans que le mariage ait été consommé.

Les treize frères et la mère d'Antonio se vêtirent de noir ainsi bien sûr que Carla et tout le village la plaignait.

« Tu dois rester fidèle à la mémoire de ton mari », disait en pleurant la mère du défunt — une énorme paysanne borgne en tablier bleu — et elle jetait sur sa belle-fille son œil étrange.

« Qu'est-ce que cela signifie ? demanda Carla.

— Ça signifie, expliqua la belle-mère, que tu ne devras épouser personne d'autre. Ou, si vraiment tu veux te marier, tu devras choisir ton nouveau mari entre les frères d'Antonio. Il me reste treize autres fils. Il y en aura bien un qui t'ira. »

Dans sa douleur de mère, Maria Baldassare était ferme et dure.

L'élégant inspecteur de la Sûreté de Gênes qui interroge Carla et son compagnon Benito Corrado hoche la tête. Aussi incroyable qu'elle paraisse, une telle décision ne l'étonne pas venant d'une paysanne calabraise. Mais il sait que derrière les grands sentiments d'honneur il y a souvent des motivations plus sordides.

« A votre avis, pourquoi vous a-t-elle demandé cela ?

– A cause de l'assurance, répond d'ailleurs Carla. Je devais recueillir de la compagnie d'assurances quelques millions de lires pour la mort de mon mari. La vieille ne voulait pas que cette somme sorte de la famille. C'est pour cela qu'elle tenait à ce que j'épouse un autre de ses fils. »

L'inspecteur jette un coup d'œil sur le télex qu'il a reçu le matin même de Reggio de Calabre. Evidemment l'explication que donne la belle-mère est tout à fait différente :

« Mon Antonio, dit-elle était jaloux. Je le sais moi. Il était tellement jaloux que son âme dans l'au-delà souffrirait que sa veuve épouse un autre homme. Mais, éventuellement, son âme peut permettre à Carla d'épouser un beau-frère. »

Malgré lui, l'inspecteur ne peut s'empêcher de sourire. L'hypothèse de l'assurance est évidemment la plus crédible. Pour le moment, toute sa sympathie va vers la jeune Carla qui s'est à demi dressée sur sa chaise en voyant qu'un palan du *Michel-Ange* soulève l'extrémité de la passerelle pour la reposer sur le quai.

« Il ne partira pas avant un quart d'heure,

dit l'inspecteur. Que s'est-il passé ensuite? Racontez-moi. »

Reprenant son récit, la jeune femme lui raconte comment un beau jour la belle-mère en tablier bleu l'a appelée. Après une série de sanglots elle lui a affirmé qu'elle était compréhensive, qu'elle savait tenir compte des faiblesses de la chair, surtout chez les jeunes, et qu'elle admettait que Carla ne pouvait rester veuve éternellement. Elle avait donc décidé de lui donner pour mari un autre de ses fils : Giuseppe, âgé de vingt et un ans.

« Il ressemble en tout et pour tout à son frère. Il te semblera réépouser Antonio, tu verras. »

Mais Carla faisait la moue.

« C'est vrai, Giuseppe est physiquement identique à Antonio. Mais comme caractère nous sommes opposés. Il est même... euh... enfin vous voyez ce que je veux dire... »

A cette allusion, la vieille Maria Baldassare s'était déclenchée comme un ressort :

« Prends garde, si tu le traites d'idiot! Tous mes fils sont intelligents. Epouse-le. Je te le conseille.

— Je regrette. Je ne suis pas d'accord. »

Cette fois, le ton de Carla était ferme et la vieille borgne s'en rendait compte. Elle resta un instant pensive.

« Eh bien, alors... dit-elle enfin, épouse Gino. Gino aussi est le portrait vivant de son frère Antonio. Tu me diras tout de même pas que lui, ne te plaît pas! »

Carla, cette fois, s'énerva :

« Mais vous plaisantez ou vous êtes sérieuse? Gino a quinze ans! Je ne peux pas épouser un gamin! Même la loi l'interdit! »

La belle-mère ne se démontait pas :

« Tu attendras. Tu es jeune et personne ne te presse. Tu attendras que Gino atteigne ses vingt et un ans et tu deviendras sa femme. Il ne s'agit que de six ans. Qu'est-ce que c'est six ans ? »

Jusque dans le bureau du poste frontière de Gênes, on entend le claquement sec que fait la passerelle du *Michel-Ange* que le palan vient de poser sur le quai.

L'élégant inspecteur ne veut pas ralentir le récit de Carla Baldassare, mais il ne peut s'empêcher de lever les bras au ciel :

« Comment avez-vous pu accepter une chose pareille ?

— Je n'avais que ma mère, répond la jeune femme. Il n'y avait pas d'homme à la maison, qui pouvait me défendre. Et les Baldassare sont treize, monsieur l'inspecteur. Treize garçons et seulement deux filles. Alors je n'ai dit ni oui, ni non, c'est tout ce que je pouvais faire. »

Mais Carla n'ayant pas osé refuser nettement, les langues se délièrent dans tout le pays :

« Vous ne savez pas ? Carla Baldassare s'est fiancée à un *guaglione*, un garçon de quinze ans. Elle attendra qu'il grandisse et puis ils se marieront. C'est le petit Gino, le frère du défunt. »

Pour appuyer ses confidences, il y eut les faits. Partout où elle allait, Carla était chaperonnée par Gino — un jeune garçon en pleine adolescence à la voix qui muait. S'il était trop petit pour l'accompagner officiellement en qualité de fiancé, il ne voulait pas passer pour une femmelette, quelqu'un qui épouserait plus tard une femme qui aime la liberté présente.

« Je ne pouvais pas faire librement deux pas dans le pays, raconte Carla. Je me retournais et je voyais ce morveux qui me suivait et m'épiait. Une fois je lui ai dit : « Veux-tu me laisser en paix ! » Il m'a répondu : « Qui garde son bien ne fait tort à « personne. Je ne te lâche pas. »

« Le soir, Gino venait me rendre visite. Il entrait dans la maison, s'asseyait et restait là de longues heures en gardant le silence. Parfois, il m'énervait. Je lui disais : « Va jouer au ballon ! » et lui répondait : « Par ta faute, je ne peux pas « jouer. »

« En réalité, même Gino acceptait cette longue attente, ce mariage, cette décision de sa mère qui gâchait son adolescence, comme une pénible épreuve.

« Les choses allèrent ainsi durant trois ans. Gino devint un jeune homme de dix-huit ans avec ses goûts et ses préférences, mais qui restait fidèle à la consigne.

« Encore trois ans et tu seras ma femme », disait-il.

« Et en même temps, il intensifiait sa surveillance. »

Carla Baldassare et Benito Corrado se tournent à nouveau vers le *Michel-Ange* dont on entend le ronronnement des treuils qui enroulent les amarres. Ils sont horrifiés comme si l'instant de leur mort venait de sonner.

« Allons, calmez-vous, grogne l'inspecteur. Tant que vous êtes ici vous ne risquez rien.

– Oui, mais après ? dit le jeune homme. C'est à moi de parler maintenant ! »

Et il regarde droit dans les yeux de l'inspecteur :

« Moi, dit-il, je suis de la commune voisine. C'est vrai que chez nous on n'aime pas les Baldassare. Mais on ne leur veut pas de mal. La preuve (et il devient rouge comme une tomate) j'aime Carla. Lorsqu'elle m'a dit qu'elle m'aimait aussi, mais que c'était impossible parce qu'elle devait épouser son beau-frère de dix-huit ans, évidemment j'ai ri. Je n'arrivais pas à prendre cela au sérieux. Pourtant, il fallait se cacher. Gino – qui était fier de ses dix-huit ans – se faisait de plus en plus collant et laissait de moins en moins de liberté à Carla. Un jour j'ai dit à Carla : « Ecoute, « voilà ce que nous allons faire. Nous allons « essayer de dégoûter ce garçon pour qu'il se fati« gue et finisse par rompre de lui-même ses fian« çailles. « Et sa mère ? »

« Sa mère ne pourra rien faire si c'est officiellement Gino qui a rompu. »

Benito raconte alors qu'ils fournirent aux habitants du village un nouveau motif de divertissement. Ceux-ci voyaient maintenant Carla et Benito se promener en public, suivis dix pas en arrière par Gino, le regard torve.

A ce point du récit, Benito se tait et regarde avec Carla le *Michel-Ange.* Il semble qu'il bouge... et qu'il commence à s'écarter du quai...

« S'il le faut, je vous ferais conduire à bord par un pilotin, grogne l'inspecteur. Continuez votre déposition ! »

Benito, la gorge sèche, poursuit donc son récit, et l'inspecteur comprend que le jeune homme a l'impression de jouer le tout pour le tout.

Benito raconte comment survint le drame :

« Dimanche matin, très tôt, un gamin est venu frapper à la porte des Baldassare :

« Eh Gino, j'ai vu ta fiancée entrer dans l'église

sans ses habits de deuil. Elle est vêtue de violet. Les gens disent qu'elle attend dans l'église son amoureux et qu'ils vont se marier et s'enfuir à l'étranger. »

« La déclaration du gamin fit naître un terrible vacarme :

« Infidèle! » hurlait la vieille Maria Baldassare. « Elle trahit la mémoire d'Antonio et l'amour de Gino! »

« Et suivie de ses treize fils, avec Gino en tête, elle se dirigea vers l'église, où l'étrange cortège se fraya un passage à coups de coudes parmi les fidèles. »

La proue du *Michel-Ange* halée par un remorqueur, est maintenant à cent mètres du quai et la poupe s'en détache à son tour.

« Après? Continuez », ordonne l'inspecteur au jeune homme devenu pâle d'angoisse.

Benito reprend son récit d'une voix désespérée comme si lui et Carla n'étaient plus que des morts en sursis.

Et de raconter que la vieille Baldassare — énorme dans ses habits noirs — s'était précipitée comme une furie, suivie de ses treize fils — Gino en tête — vers l'église. Carla était au premier rang des fidèles, vêtue de violet, sans le moindre signe de deuil. Benito n'était pas près d'elle, mais qui pouvait assurer qu'il n'attendait pas la fin de la messe dans la sacristie pour demander la bénédiction nuptiale? Toutes ces pensées traversèrent sans doute en un éclair la tête de la vieille borgne qui hurla :

« Ingrate! Sale femme! »

Et se jeta comme une furie sur sa belle-fille. On vit alors rouler à terre dans l'église les deux corps enlacés jusqu'à ce que Carla se relevât et montrât une poignée de cheveux arrachés à sa belle-mère :

« Mesdames... Messieurs... cria-t-elle dans l'église. Les fiançailles sont rompues ! Le petit, je ne l'épouse plus ! »

La foule applaudit Carla qui quitta l'église, la tête haute, au bras de Benito – sorti du confessionnal où prudemment il s'était caché.

Le *Michel-Ange* est maintenant au milieu du port. De chaque côté, un remorqueur, le front collé contre sa coque, le maintient en ligne face à l'entrée, tandis qu'un grand remous agite les flots derrière lui. Il commene à battre hélice et glisse doucement.

« Alors ? grogne encore l'inspecteur.

– Alors, explique Benito, le soir quand j'ai quitté Carla, je rentrais chez moi en moto sur la route qui est bordée de ravins. Tout d'un coup, à un détour du chemin, j'ai vu un vélomoteur en travers de la chaussée et Gino qui m'attendait. Je suis sûr que le pauvre tremblait de peur, mais il était poussé par ses frères. Peut-être même, étaient-ils tous cachés derrière les rochers. Il a crié : « Je suis là pour l'honneur ! » Evidemment, il voulait se battre. Alors, sans descendre de ma moto, je me suis approché de lui et j'ai réussi à lui flanquer deux gifles auxquelles il m'a répondu en sortant un couteau. J'ai voulu le désarmer, mais je n'ai pas pu car il se dérobait et je tenais à ne pas lâcher ma moto. J'avais raison, parce que les douze autres Baldassare sont sortis de derrière les rochers pour aider leur frère. Il en venait de partout. J'ai profité de ce que la route est en pente à cet endroit pour m'enfuir sur ma moto, après avoir une dernière fois repoussé Gino qui s'accrochait à moi. Derrière, je les entendais crier : « Tu es un homme mort. Benito ! On vous « fera la peau à toi et à ta putain ! On vous retrou- « vera partout où vous irez ! »

« Bientôt, je n'entendais que des hurlements lointains. Puis plus rien. Rien que le vélomoteur de Gino qui essayait de me suivre. Evidemment, il ne pouvait pas me rattraper. Il devait rouler comme un fou. Il avait plu dans l'après-midi. Il a dû déraper dans un virage. C'est comme cela je pense qu'il est tombé dans le ravin. »

Majestueux, le *Michel-Ange* sort du port, écrasant la jetée de toute sa hauteur.

« Mais les Baldassare, remarque l'inspecteur, disent que lorsque Gino disparut sur son vélomoteur ils ont entendu peu après le bruit d'une bagarre et que vous avez poussé le jeune Gino dans le ravin avec son vélomoteur. Et là-dessus ils sont tous d'accord.

– Tous, même Gaspardo ? » demande Carla.

L'inspecteur regarde son télex :

« Oui, Gaspardo Baldassare, il a signé la déposition.

– Mais il est complètement sourd ! »

L'élégant inspecteur de la Sûreté de Gênes a souri :

« Ça va, j'ai compris, je fais peut-être une bêtise, mais je vous crois. Je préviens la Capitainerie pour que le *Michel-Ange* vous attende. Un pilotin va vous embarquer. Vous ferez une déposition en bonne et due forme au commissaire du bord. Allez ouste ! »

Quelques instants plus tard, le *Michel-Ange* met en panne dans la rade. L'inspecteur regarde une barcasse contourner la jetée. Carla et Benito, assis sous la pluie sans lâcher la poignée de leur grand sac de toile, s'y tiennent par la taille, ils regardent devant eux, vers la liberté.

ENFANTS NON ACCOMPAGNÉS

Aéroport de Linate près de Milan, au printemps 1970. Dans la foule des voyageurs qui s'apprêtent à embarquer en direction de Copenhague sur un avion d'Alitalia attend un petit garçon de dix ans aux cheveux un peu fous et aux yeux pers, c'est-à-dire verts tirant sur le bleu. Il a, suspendue autour du cou, la petite pochette plastique dont sont munis les enfants non accompagnés, qui contient : son billet, sa carte d'embarquement et ses papiers. Ce petit garçon va vivre une étonnante aventure. Il s'appelle Hans Pietro Amalfi.

Comme il paraît extrêmement calme, pas du tout dépaysé, les passagers et les hôtesses ne lui prêtent qu'une attention distraite. Pourtant de temps en temps, il sort un petit calepin où il a noté de son écriture enfantine : « Il faut que je sois au plus tard à 7 h 30 à Grafsein pour me rendre tout de suite à l'école. L'avion pour le retour a été retenu à 9 h 30. Il faut que je sois au plus tard à l'aéroport de Fornebu à neuf heures. »

« Les personnes accompagnant les enfants sont priées de se présenter à la porte C... » susurre un haut-parleur.

Une hôtesse promène son regard sur la salle d'attente et rassemble les enfants non accompagnés parmi lesquels Hans Pietro Amalfi qui referme soigneusement son calepin et le glisse dans un gros sac de cuir.

Tandis que l'hôtesse conduit Hans Pietro Amalfi et son gros sac de cuir, qui traîne presque par terre, jusqu'à sa place dans l'avion, l'enfant récapitule dans sa tête toute une litanie de consignes : « Lee et Tina doivent toujours fermer la bouche. Il faut que je mette mon portefeuille dans ma poche arrière et que je ferme le bouton. S'il y a des difficultés, je dois prendre contact avec l'ambassade. »

Le voyage va être sans histoire. C'est pourtant un voyage bien long et bien compliqué pour un enfant de dix ans.

L'avion fait une escale à Francfort, puis se pose à Copenhague. Arrivé dans la capitale danoise, Hans Pietro Amalfi range dans son petit portefeuille ses lires italiennes, sort des couronnes danoises et monte dans un ferry-boat qui le conduit à Malmö en Suède. Là, Hans Pietro, toujours aussi organisé, remplace ses couronnes danoises par des couronnes suédoises, afin qu'un wagon-lit l'emporte jusqu'à Oslo. A la gare d'Oslo, Hans Pietro sort ses couronnes norvégiennes et saute dans un taxi qui le conduit à Grafsein faubourg d'Oslo, et plus exactement devant l'école de cette cité résidentielle.

Là, Hans Pietro se dissimule derrière les voitures en stationnement pour guetter ses deux sœurs, qu'il est venu kidnapper. Car telle est l'intention de Hans Pietro Amalfi : kidnapper sa sœur Lee, six ans, et sa sœur Tina, huit ans. C'est le plus jeune kidnappeur connu au monde.

Le point de départ de cette curieuse histoire est d'une triste banalité. M. Amalfi, citoyen italien, cinquante-deux ans, a épousé voici onze ans une Norvégienne : Mlle Molom, alors âgée de trente-sept ans. Malgré une incompatibilité d'humeur évidente, ils ont persévéré dans le mariage jusqu'en 1968, le temps d'avoir un garçon : Hans Pietro, l'aîné, et deux filles : Tina, huit ans et Lee, six ans.

Lorsqu'ils se sont séparés, leur affaire était loin d'être réglée sur le plan juridique, les tribunaux italien et norvégien ayant exprimé des jugements contradictoires. Résultat : Hans Pietro s'est retrouvé avec son père en Italie et les deux filles chez leur mère à Oslo.

C'est alors qu'Hans Pietro qui est un enfant tout à fait surprenant et qui aime beaucoup ses deux sœurs, a décidé de les kidnapper. A-t-il l'accord tacite et même une certaine complicité de son père ? La chose est à voir. Pour le moment Hans Pietro est dissimulé derrière des voitures devant l'école à Grafsein faubourg d'Oslo, où il guette l'arrivée de ses deux sœurs. Il fait très doux. Le ciel est déjà clair. Les enfants s'engouffrent les uns après les autres dans la jolie petite école dont les murs de brique brune sont égayés par des fenêtres aux huisseries peintes en blanc, et ornées de jardinières de fleurs.

Hans Pietro n'oublie pas qu'il doit être de retour au plus tard à neuf heures à l'aéroport de Fornebu, et guette chaque petite silhouette qui surgit devant l'école en trottinant. Bientôt inquiet, les sourcils froncés le gamin demande l'heure à une passante. Sa montre avancerait-elle ? Non il est 7 h 35.

Enfin, Hans Pietro sursaute. Cette silhouette en jean et en anorak, le tout si petit qu'on dirait des vêtements de poupée, c'est Lee, la plus jeune de ses sœurs. Il s'avance et l'appelle :

« Lee ! Lee !... Regarde-moi... C'est ton frère... »

Lee se retourne brusquement, faisant voler ses couettes. Elle ne paraît pas tellement étonnée de découvrir Hans Pietro. Il faut dire qu'Hans Pietro a dix ans et qu'à dix ans on sait en faire des choses, et on est beaucoup plus libre qu'à six.

« Tiens, tu es venu... constate simplement la poupée.

– Tu vois... Mais tu es toute seule ?

– Oui. Tina est restée avec maman. Toutes les deux, elles ont la grippe. »

La maison où demeurent les sœurs de Hans Pietro est à peine à deux cents mètres de l'école et la petite Lee poursuit :

« Si tu veux la voir, je t'emmène à la maison... »

Hans Pietro hésite puis accepte. Le voilà obligé de modifier son plan.

Mme Amalfi, devenue Mme Molom, est une grande femme solide de quarante-huit ans, genre de walkyrie en pantalon et pull-over à col roulé dont les cheveux commencent à grisonner. Elle expliquera plus tard aux journalistes :

« Normalement, je devais travailler ce jour-là. Mais j'avais la grippe et ma fille Tina était un peu enchifrenée. Je suis donc restée à la maison. Sans cela, lorsque je serais rentrée le soir de mon travail, les enfants auraient été depuis plusieurs heures déjà en Italie.

– Mais quelle était l'attitude du garçon ?

– Bizarre. Je l'ai trouvé un peu bizarre. Il ne voulait pas entrer dans la maison. Il disait simplement qu'il voulait rendre visite à ses sœurs. Je ne l'ai pas interrogé longtemps. Mon mari est tellement fantasque... Je me suis dit que l'idée lui était venue sur un coup de tête de m'envoyer le petit. Et puis je me sentais malade. Aujourd'hui, naturellement, je me reproche de ne pas avoir fouillé le gros sac de cuir de Hans. Si je l'avais fait, j'aurais découvert les billets d'avion et les passeports de mes filles. J'étais simplement contente de le voir et je lui ai préparé un lit dans le salon. Les enfants ont joué toute la matinée. Vers quatorze heures, ils m'ont demandé l'autorisation de sortir pour aller acheter un cadeau. Comme Tina allait beaucoup mieux, j'ai accepté. Ç'a été mon erreur. »

En effet, dès qu'ils se retrouvent tous les trois dans la rue, Hans Pietro — qui a réussi à sortir son gros sac de cuir — fait asseoir ses deux sœurs sur le bord du trottoir : Lee, haute comme trois pommes dans son jean minuscule et son anorak de poupée, dont les couettes s'agitent dès qu'elle remue, et Tina la petite Scandinave, déjà élégante, dans une robe de lainage bleu pastel presque assortie à la couleur de ses yeux.

Devant elles, Hans Pietro — sérieux comme un pape — tire la fermeture Eclair de son sac de cuir pour en sortir deux passeports et deux billets d'avion.

« Voilà, dit-il. J'ai tout pévu pour qu'on puisse faire une visite à papa. Les billets étaient pour ce matin mais ils seront encore bons pour demain. J'ai vu qu'il n'y avait pas beaucoup de monde dans l'avion. Il faudra faire attention à l'aéroport parce qu'il me manque un papier. »

Les deux fillettes ouvrent de grands yeux.

« Quoi ? dit l'élégante Tina. On va prendre l'avion ?

– Oui... Si tu es d'accord.

– Moi, je suis d'accord mais peut-être que maman ne voudra pas ?

– Bien sûr qu'elle ne voudra pas puisqu'elle est fâchée avec papa. Mais ça, c'est leur affaire. Faut pas qu'ils nous embêtent avec ça ! Alors, on ne demande pas à maman son autorisation. On part et puis c'est tout.

– Mais elle va se faire du souci ?

– Pas longtemps. Dès qu'on arrive on téléphone. Alors tu es d'accord ?

– Moi je ne veux pas ! déclare Lee, sans doute parce qu'on ne lui a pas demandé son avis.

– Si tu viens, ce soir tu mangeras une glace.

– Ce soir, c'est trop loin...

– Bon, alors à l'hôtel.

– Parce qu'on va à l'hôtel ?

– Evidemment, l'avion est demain matin à neuf heures trente. »

Cette fois Lee, définitivement convaincue, se lève du trottoir, trépigne de joie et agite ses couettes.

Voilà donc, les trois enfants, attablés dans un *Konditori,* sorte d'établissement moitié bar, moitié cafétéria, devant trois glaces monumentales. Hans Pietro se rend à la cabine téléphonique et appelle le Globetrotter, un hôtel dont il trouve le numéro de téléphone dans l'annuaire. De sa voix fluette, il n'a pas de mal à imiter un timbre féminin mais il est plus difficile d'articuler ses mots, avec des tournures de phrases un peu affectées qui lui semblent celles des adultes.

« Allô, le Globetrotter Hotel ? Je désirerais une chambre pour quatre personnes.

– Quatre personnes ? s'étonne le réceptionniste.

– Oui, une pour moi-même : Mme Molom "M" "O" "L" "O" "M"... et mes trois enfants.

– Quel âge les enfants, madame Molom ?

– Dix, huit et six ans.

– Alors, l'un d'eux pourrait peut-être coucher dans votre lit ?

– Mais, certainement...

– Je vous donne donc une chambre avec un grand lit et deux petits.

– C'est très bien.

– Douche ou salle de bain ?

– Ce n'est pas la peine.

– Mais... Nous avons un sanitaire dans chaque chambre, c'est forcément l'un ou l'autre, précise le réceptionniste.

– Alors, une salle de bain. Nous serons là vers huit heures. »

A huit heures du soir, les trois enfants franchissent donc la porte à tambour de l'hôtel Globetrotter, un hôtel de luxe du centre de la ville. Toujours traînant son sac de cuir, Hans Pietro se dirige vers le comptoir de la réception et se hausse sur la pointe des pieds :

« Il y a une chambre réservée à notre nom, au nom de Mme Molom. »

Le réceptionniste, un peu interloqué, se penche pour voir les trois enfants :

« Vous êtes seuls ?

– Oui. Maman va arriver. Elle s'occupe des bagages. »

Le réceptionniste consulte son registre et découvre qu'en effet une chambre a été réservée au nom de Mme Molom. Il hésite puis voyant que Hans Pietro tend la main, il lui demande :

« Vous voulez monter tout de suite ?

– Oui. Maman nous rejoindra. »

Alors le réceptionniste lui donne la clef.

Pendant ce temps, la police de Grafsein, alertée par Mme Molom, fouille le faubourg de fond en comble et, bien entendu, ne trouve pas trace des enfants.

Alors Mme Molom, convaincue qu'il s'agit d'un rapt organisé par son ex-mari, lance la police sur une fausse piste :

« Il s'appelle Amalfi... dit-elle au policier. Il a envoyé mon fils chercher ses sœurs. Ils étaient sans doute convenus de se rejoindre dans un hôtel. »

Tandis que les trois gamins sont pendus à la télévision qui trône dans chaque chambre, la police appelle tous les hôtels et, bien entendu, le Globetrotter. Mais il est neuf heures du soir et le réceptionniste est parti. Le concierge de nuit qui consulte le registre ne voit pas de chambre réservée au nom de Amalfi.

Le lendemain matin, Hans Pietro qui a dû se gendarmer pour éteindre la télévision et coucher ses deux sœurs, commande un triple petit déjeuner.

D'abord, ébloui par la table roulante, chargée de toutes sortes de bonnes choses, il manque de s'étrangler en voyant la facture.

« C'est drôlement cher ! dit-il à ses sœurs. On va pas tout manger. On va en emmener. Il faut que j'ai assez d'argent pour finir le voyage. »

A huit heures, ils descendent et Hans Pietro demande au portier d'appeler un taxi qui les conduit par l'autoroute à l'aéroport Fornebu.

C'est là que l'enfant va faire montre d'un véritable génie. Il a déjà franchi le cap extraordinaire de l'hôtel et de la note à payer, mais le plus gros reste à faire.

A l'aéroport de Fornebu, son énorme sac de

cuir en bandoulière, tirant Lee et ses couettes de la main gauche et l'élégante Tina de la main droite, Hans Pietro observe les comptoirs d'enregistrement. Il est évident qu'on ne va pas leur délivrer de carte d'embarquement s'ils ne sont pas accompagnés.

Mais il y a dans cet aéroport plusieurs cabines téléphoniques sans porte qui font face aux comptoirs d'enregistrement. Dans l'une de ces cabines, une femme brune est pendue au téléphone. Hans Pietro se plante devant la bavarde qui interrompt sa conversation téléphonique :

« Qu'est-ce que tu veux, mon petit ?

— L'enregistrement pour l'avion, c'est où madame ?

— Là, derrière toi... »

Toujours tirant ses sœurs, Hans Pietro gagne le comptoir le plus proche mais presque sans quitter des yeux la femme bavarde qui, pour cette raison tout en parlant, elle aussi ne le perd pas de vue. L'employée de l'enregistrement regarde les enfants :

« Vous n'êtes pas accompagnés ?

— Non.

— Mais il y a bien quelqu'un qui vous conduit ici ?

— Oui, maman, elle est au téléphone... »

Hans Pietro se tourne vers la cabine téléphonique et montre le comptoir à la jeune femme bavarde, l'air de lui demander : « C'est bien là ? »

L'employée de l'enregistrement, qui a suivi son regard, voit dans la cabine téléphonique la femme qui fait un signe de tête affirmatif. Hans Pietro, tendant alors ses trois billets, l'employée remarque qu'ils étaient prévus pour le vol de la veille :

« Heureusement, dit-elle, il y a de la place aujourd'hui. »

Tout en passant autour du cou des enfants la pochette plastique des U.M., les enfants non accompagnés, elle ajoute :

« Est-ce que votre maman a signé le *handling-advice ?*

Le *handling-advice* est une attestation signée par les parents ou les accompagnateurs, indispensable pour que les enfants de six à douze ans puissent prendre l'avion. Mais Hans Pietro ne se démonte pas :

« Oui, répond-il, elle l'a dans son sac.

– Il faudra qu'elle le montre à l'hôtesse et le mette dans cette pochette. »

Hans Pietro se dirige vers la cabine téléphonique comme s'il y rejoignait sa mère. Là il remercie la femme bavarde, de plus en plus étonnée. Puis voyant que l'employée de l'enregistrement déjà sollicitée par d'autres voyageurs, ne fait plus attention à lui, il s'en va vers les guichets de la police, toujours tirant ses deux sœurs et portant son énorme sac.

Pendant ce temps, la police d'Oslo est sur les dents. Le signalement de M. Amalfi, citoyen italien de cinquante-deux ans, accompagné de trois enfants, est diffusé dans tous les commissariats, à tous les postes frontière et l'Interpol de tous les pays limitrophes ou situés entre la Norvège et l'Italie ont déjà été avisés. Normalement, l'affaire devrait s'arrêter ici, dans cet aéroport.

Hans observe le poste frontière de l'aéroport de Fornebu, près d'Oslo. Il est très attentif et remarque trois guichets, précédés de trois couloirs formés par des barrières. Seuls deux guichets fonctionnent. Mais il est impossible de franchir le troisième car il est exactement dans l'axe de regard des policiers en service. Aux deux premiers, par contre, il y a un quatrième couloir séparé des autres par une barrière pleine, c'est-à-dire, qu'à condition de se baisser un peu Hans Pietro et ses deux sœurs pourraient l'emprunter sans être vus.

Malheureusement, ce couloir est fermé à son extrémité par une porte. En deçà de cette porte, c'est encore la Norvège. Au-delà, c'est la zone franche. Et elle n'a pas de poignée de ce côté, et ne s'ouvre que dans un seul sens : de l'intérieur vers l'extérieur, c'est-à-dire de la zone située à l'intérieur de la frontière vers la zone hors frontière, c'est-à-dire encore, qu'elle ne s'ouvre que vers la Norvège, de la zone hors douane à la zone sous douane.

Hans Pietro remarque également que le personnel de l'aéroport entre dans la zone sous douane par cette porte mais ne joint la zone hors douane qu'en passant par le couloir inemployé, se contentant de faire aux gardes-frontière un signe de reconnaissance.

Enfin, Hans Pietro remarque que la porte est munie d'un blount assez long à se refermer après chaque passage.

« Qu'est-ce qu'on attend ? demande la petite Lee, la plus jeune.

– Il nous manque un papier pour passer, explique Hans Pietro. Alors il faut qu'on passe sans qu'on nous voie, par cette porte.

– Mais quand ? C'est long...

– Quand je le dirai. Ce sera d'abord Tina, après ça sera toi et moi. »

Au siège central de la police, c'est un haut fonctionnaire qui vient de prendre l'affaire en main.

Bien entendu, son premier souci est de vérifier si le dénommé Amalfi est en Norvège ou en Italie. Pour cela, il fait appeler Milan, où, à sa grande surprise, Amalfi lui-même, répond qu'il n'a pas quitté l'Italie depuis six mois.

« Mais votre fils Hans Pietro ?

– Mon fils est parti hier pour Oslo.

– L'avez-vous chargé de ramener ses deux sœurs ?

– Oui j'ai envoyé Hans à Oslo pour qu'il aille chercher les fillettes, pour qu'elles viennent nous faire une visite à Milan. Mais mon ex-femme était tout à fait d'accord. »

« C'est faux ! Mon mari ment ! s'exclame Mme Molom. Il est vrai que je lui avais écrit cet hiver que les fillettes pourraient un jour aller le voir... Mais lorsque le petit est arrivé hier tout d'un coup, je n'en savais absolument rien. Ce n'est ni plus ni moins qu'un rapt. »

Ce à quoi le père rétorque :

« C'est complètement idiot... Un rapt n'aurait aucune chance de réussir puisque les deux filles n'ont pas de *handling-advice.*

Est-ce que votre fils avait des billets d'avion pour ses deux sœurs ?

– Oui. Mais pas de *handling-advice...* Et elles ne pouvaient l'obtenir qu'en le demandant à leur mère. »

Ce dernier argument ne convainc pas les policiers mais les rassure : ou bien les enfants sont encore dans la capitale ou bien ils sont déjà à l'aéroport, mais dans un cas comme dans l'autre ils vont être bloqués à la frontière.

Or, les policiers se trompent. Quelques minutes avant l'appel pour embarquement immédiat, Tina emboîtant le pas d'une hôtesse, a réussi à se glisser derrière elle avant que la porte se referme et sans qu'elle la remarque.

Quelques instants plus tard, Hans Pietro, poussant devant lui sa plus jeune sœur, réussissait le même exploit.

Ils sont maintenant dans la salle d'embarquement. Là, pas de problème. Il y a déjà dans cette salle deux enfants non accompagnés qu'ils rejoignent au moment même où l'hôtesse vient les chercher. L'enregistrement lui ayant indiqué cinq enfants non accompagnés, elle les compte : il y en a cinq en effet, qu'elle embarque aussitôt.

C'est alors que le téléphone sonne au bureau de la police des frontières de l'aéroport :

« Vous n'avez pas vu trois enfants de six, huit et dix ans répondant au nom de Molom ou de Amalfi ?

– Non.

– Alors, ouvez l'œil. Ils vont peut-être se présenter. Ils n'ont pas de *handling-advice,* et c'est probablement un rapt. Ils vont à Milan.

– Alors, rassurez-vous, ils ne partiront pas aujourd'hui. L'avion vient de décoller. »

En effet, pour Hans Pietro et ses deux sœurs, confortablement installés au premier rang de la cabine touristes, tout baigne dans l'huile. L'hôtesse leur a distribué des bonbons pour le décollage et leur donne maintenant des albums à colorier.

A l'hôtel Globetrotter, la femme de charge trouve la clef de leur chambre sur la table de nuit. Lorsque cette clef est remise au réceptionniste, celui-ci comprend que la chambre de Mme Molom n'a pas été payée. Il fait chercher sa fiche pour y retrouver son adresse afin de lui envoyer la facture. Mme Molom n'a pas rempli de fiche, et pour cause. Une brève enquête établit que personne n'a vu Mme Molom. Par contre, plusieurs employés ont été témoins de l'arrivée de ses trois enfants et le portier se souvient fort bien qu'ils ont fait appeler vers huit heures un taxi pour l'aéroport.

L'avion est déjà loin de Fornebu. Il est même déjà au-dessus de la mer du Nord, c'est-à-dire hors de la juridiction norvégienne, lorsque le téléphone sonne à nouveau au poste frontière de l'aéroport.

« Vous êtes sûrs de ne pas avoir vu les trois enfants que nous recherchons ? Ils sont partis de l'hôtel Globetrotter il y a deux heures pour l'aéroport ! »

Quelques instants plus tard, un enquêteur sursaute en découvrant sur la liste des passagers du vol Oslo-Milan que trois enfants non accompagnés inscrits sous le nom de Amalfi ont été embarqués.

Lorsque la tour de contrôle de Hambourg prévient le commandant de bord italien qu'Interpol recherche trois enfants répondant au nom de Amalfi, et que ceux-ci sont peut-être à bord, l'avion après avoir un bref instant survolé l'Allemagne de l'Est, se trouve au-dessus de la République fédérale.

Le commandant de bord se fait donner quelques explications et l'hôtesse lui désigne les trois enfants. Ils viennent d'attaquer avec enthousiasme leur plateau-repas. Le commandant ne peut s'empêcher de sourire devant les cheveux ébouriffés et l'air sérieux de Hans Pietro, les couettes baladeuses de Lee et les élégantes manières de Tina.

« C'est toi, Hans Pietro ?

– Oui, monsieur.

– Il paraît que tu as enlevé tes sœurs ? C'est vrai ça ?

– Non, monsieur. Je ne les ai pas enlevées puisqu'elles étaient d'accord avec moi.

– Et pourquoi vous êtes-vous échappés ?

– On va voir papa, dit Lee en agitant ses couettes.

– Mais on est pas fâchés avec maman », précise l'élégante Tina.

Alors le commandant, soudain très sérieux, s'adresse au garçon :

« Je dois vous remettre tous les trois à la police. Cet avion est italien. Il va en Italie. Tous les passagers vont en Italie. J'ai donc bien envie de vous remettre aux mains de la police italienne. Mais dans ce cas vous serez longtemps avant de retourner en Norvège. Par contre si je vous remets à la police de Hambourg, elle vous remettra peut-être tout de suite à la police norvégienne. Et vous ne verrez pas votre papa. Alors, qu'est-ce que vous préférez : la police italienne ou la police norvégienne ?

– La police italienne, monsieur.

– Alors, va pour l'Italie. »

Et c'est ainsi que, grâce à la complicité d'un commandant de bord, inattaquable parce que légal, le rapt organisé par le plus jeune kidnappeur du monde fut une opération parfaitement réussie.

LA PORTE TOURNANTE

VOICI un homme simple, réservé, vêtu d'un costume gris, et portant une petite sacoche. Avec ses cheveux bruns, ses yeux bruns, son nez droit et son menton rond, il ne ressemble à personne et pourtant à tout le monde. Philipp Mac Larra, vingt-sept ans, est représentant de commerce en outils et métaux. Il voyage beaucoup pour son travail, et gagne bien sa vie, de quoi nourrir convenablement une femme et quatre enfants.

Ce jour d'automne 1954, Philipp Mac Larra quitte son hôtel au Berkeley Square à Londres. Empêtré dans sa sacoche et son parapluie, il heurte sans le vouloir une jeune femme élégante qui vient de s'élancer en même temps que lui dans la porte tournante.

« Espèce de brute! Vous ne pouvez pas faire attention! »

Philipp Mac Larra récupère son parapluie qui entrave la porte, et se redresse maladroitement, serré contre la jeune femme dans l'étroit passage.

« Mille excuses, madame... »

Il est timide de nature, et la situation ridicule dans laquelle il se trouve n'arrange pas les choses. D'autres clients de l'hôtel ricanent derrière les vitres, et poussent les battants de la porte qui se met à tourner, entraînant les deux prisonniers malgré eux et les empêchant en même temps de sortir de là.

C'est alors que la jeune femme fixe le visage de Philipp Mac Larra avec une soudaine intensité, ses yeux se dilatent, sa bouche s'ouvre d'étonnement, puis de fureur, et elle s'écrie :

« Sale voyou ! Espèce de voleur ! Enfin je vous retrouve ! Où sont mes bijoux ? Hein ? Mes bagues, mes colliers ? Où sont-ils ? »

Et tout en criant, la jeune femme agrippe le veston de Philipp Mac Larra, et s'accroche à lui en le secouant furieusement. A l'extérieur de la porte tournante, des visages étonnés observent ce couple étrange, coincé dans l'étroit passage, et qui semble se battre.

Médusé, Mac Larra dévisage à son tour la femme, tente de se dégager, et y arrive en la bousculant à l'extérieur de la porte, au moment où le tourniquet infernal s'ouvre enfin sur la sortie. Les gens le regardent avec méfiance, car la jeune femme crie à nouveau :

« Sale voleur, espèce de sale voleur ! Mes bijoux ! »

Philipp Mac Larra ne sait plus quoi faire, et pour échapper à l'agression, se met à courir comme un fou, droit devant lui, poursuivi par des cris hystériques. Sur son passage, les gens se retournent, et il a bientôt des poursuivants acharnés, qui se relaient au cri de « Au voleur ! Attrapez-le ! »

Après vingt-cinq minutes de course échevelée, le cœur battant, les jambes coupées, Philipp Mac Larra est enfin arrêté par la police, et conduit au commissariat, menottes aux poignets, en compagnie de la jeune femme. Il tente de se défendre maladroitement, et bredouille inlassablement :

« Je suis victime d'un chantage, c'est une erreur, ce n'est pas moi, cette dame se trompe ! »

Mais bien entendu la police ne le croit pas plus que la dame en question, furieuse et obstinée :

« C'est un escroc ! Je vais tout vous expliquer ! Le monstre, il m'a ruinée complètement, surtout ne le lâchez pas, il y a des mois que je le cherche ! »

La dame de la porte tournante, Mabel Patrick, s'effondre dans le vieux fauteuil de cuir que lui offre le commissaire, et tamponne son visage rouge d'émotion :

« Je vais vous expliquer monsieur le commissaire... Mon Dieu quelle histoire, jamais je n'aurais espéré mettre la main sur lui par hasard ! C'est un odieux escroc ! Il m'a tout pris, tout, monsieur le commissaire !

– Allons madame, calmez-vous, je vous en prie. D'abord êtes-vous sûre d'avoir reconnu cet homme ?

– Reconnu ? monsieur le commissaire, son visage est gravé là, dans ma tête, je ne pourrai pas l'oublier ! D'ailleurs, il s'est enfui non ? Il sait bien qui je suis, ne vous en faites pas ! »

Philipp Mac Larra est blanc comme un linge, et il tente d'interrompre son accusatrice :

« Mais c'est faux madame ! Je ne vous connais pas !

– Oh ! le monstre ! Il ose me dire ça en face ! Ecoutez commissaire. Je vais tout vous dire. Voilà, il y a quelques mois, j'ai lu une annonce dans le journal, on cherchait une gouvernante, plus exactement une dame susceptible d'organiser des réceptions. L'annonceur disait qu'il avait une maison de campagne, où il recevait beaucoup pour affaires. Je me suis donc présentée – entre nous monsieur le commissaire, je sais tenir une maison bourgeoise. Bref, je rencontre ce monsieur ! »

Philipp Mac Larra sursaute :

« Mais non ! Je vous jure, ce n'est pas moi !

– Quel culot ! Vous m'avez dit que vous étiez millionnaire ! Il me l'a dit monsieur le commissaire, et il faisait des mines ! Il m'a engagée tout de suite, il voulait une femme élégante, qui présente bien, pour recevoir ses invités. Moi je lui ai fait confiance, d'ailleurs il m'a remis un chèque en blanc, pour acheter les robes dont j'aurais besoin ! »

Le commissaire interrompt ce flot de paroles, un instant :

« Bref, madame, venez-en au fait, quand y a-t-il eu escroquerie ?

– Il a prétendu que mes bijoux étaient démodés, et qu'il fallait changer les montures, il s'est proposé de le faire faire par son bijoutier personnel !

– Et vous l'avez cru ?

– Mais monsieur le commissaire, il avait l'air vraiment très riche et très honnête ! D'ailleurs, regardez-le. Il a une tête sympathique, on lui donnerait le Bon Dieu sans confession !

– Et vous lui avez donné vos bijoux ?

– Oui, bien sûr, il avait de si bons yeux, et il était si distingué...

– Quel genre de bijoux ?

– Un collier, une montre, et trois bagues en brillants ! Toute ma fortune monsieur le commissaire, des bijoux de famille, qui me venaient de ma pauvre mère. Quand je pense que ce voleur... Il va me les rendre n'est-ce pas ? Vous allez l'obliger ? »

Philipp Mac Larra qui n'arrive pas à reprendre son calme, explose enfin :

« C'est elle, l'escroc ! C'est une voleuse qui s'en prend à moi ! Je suis un homme intègre, j'ai quatre enfants et une femme, je suis représentant de commerce, et tout le monde pourra vous dire que je suis honnête ! Cette femme ment, c'est une honte, je suis victime d'un odieux traquenard ! »

Le commissaire regarde cet homme en costume gris, avec ses yeux bruns, son nez droit et son menton rond, il a l'air honnête c'est vrai, et sa colère paraît sincère. Le policier est tout prêt à le croire, lorsque la porte de son bureau s'ouvre avec fracas. Une femme entre, rouge de colère :

« Ah ! le voilà ! C'est bien ce qu'on m'avait dit ! Monsieur le commissaire je venais justement porter plainte, et l'on me dit que vous avez arrêté cet escroc ! Il m'a volé mes bijoux ! »

Philipp Mac Larra recule, les menottes aux poignets, il semble électrisé, et se met à hurler :

« Non ! Non ! Je vous en prie, arrêtez ! Ce n'est pas moi, je vous dis que ce n'est pas moi ! »

Mais la nouvelle arrivante le toise avec mépris :

« Vous osez ? Il y a quinze jours, monsieur, vous m'avez proposé une place de dame de compagnie, vous m'avez pris mes bijoux pour les faire soi-disant modifier, où sont-ils ? Et ce chèque en blanc que vous m'avez remis ? Il était en bois ! Ça au moins, vous ne direz pas le contraire ? »

Le commissaire regarde le suspect, et modifie immédiatement son opinion précédente. A n'en pas douter cet homme est coupable. Il a la tête d'un coupable, et ces deux femmes ne peuvent pas se tromper. Une peut-être, deux sûrement pas. D'ailleurs, elles donnent des détails impressionnants, et l'escroc lui ne trouve rien d'autre à dire que : « Je vous jure que ce n'est pas moi ! »

Philipp Mac Larra est donc incarcéré le jour même, et après une enquête dans tout le Sud de l'Angleterre, quarante-six jeunes femmes et jeunes filles se présentent pour porter plainte contre lui.

La confrontation ne laisse planer aucun doute. Quarante-six fois, Philipp Mac Larra est reconnu par les femmes qu'il a sournoisement escroquées, en leur promettant une vie de rêve ou un travail agréable, parfois même un peu plus. Et il a beau affirmer être innocent, comme il est incapable de fournir des alibis sérieux, il est définitivement inculpé, pour quarante-six escroqueries reconnues, dont le montant est assez impressionnant. Plusieurs millions de nos francs, en bijoux uniquement, bijoux d'ailleurs introuvables, et dont il refuse de dire ce qu'il en a fait.

Son employeur, sa femme, ses quatre enfants et ses amis, se résignent à la nouvelle image de Philipp Mac Larra, escroc intrépide, qui menait une double vie de petit représentant et père de famille honorable.

Mais qui tourne en rond dans sa cellule en se cognant la tête contre les murs ?

Qui hurle à n'en plus finir son innocence derrière la porte blindée ? L'escroc intrépide ou le père de famille honorable ?

Qui est condamné à huit ans de prison ? Le voleur ou le brave homme innocent ?

C'est l'innocent. Philipp Mac Larra est innocent, il n'a jamais volé personne de sa vie, il est simplement pris dans un piège stupide, qui va broyer sa vie tout entière.

Huit ans de prison ont fait de Philipp Mac Larra une véritable loque. Pris d'une fièvre bizarre après sa condamnation, il est soigné à l'hôpital de la prison durant plusieurs semaines, et rendu à sa cellule, amaigri, hagard, et complètement fou pour tout dire. Fou d'avoir tapé contre les murs, secoué les barreaux, hurlé son innocence à la terre entière sans que personne ne l'entende, sans que personne ne le croie. Quarante-six femmes l'ont reconnu sans hésitation, et ces quarante-six visages le hantent jour et nuit. Une scène en particulier s'est transformée en cauchemar, celle de la première rencontre dans la porte tournante de l'hôtel de Londres. La nuit, le prisonnier se réveille en criant : « Non ! Non ! Ce n'est pas moi »... Et il veut fuir, et ne peut que tourner comme un fauve dans sa cellule.

Huit ans, c'est une longue tranche de vie, et c'est un long cauchemar.

En quittant la prison, Philipp Mac Larra a trente-cinq ans. Il en avait vingt-sept le jour de son arrestation et il avait une femme et quatre enfants. Il n'y a plus personne lorsqu'il retrouve la liberté. Sa femme a divorcé et s'est remariée pour trouver à ses enfants un père plus digne d'eux. Ses parents l'ignorent, ses amis l'ont rayé de leur souvenir. Il est libre, mais la folie est passée si près de lui, qu'il la sent encore, présente comme un vampire à ses côtés, prête à l'engloutir.

Pour résister, il s'accroche à l'espoir de prouver son innocence, et pendant quatre années, s'acharne à constituer un dossier pour se disculper. Chaque penny qu'il gagne comme veilleur de nuit, ou laveur de carreaux, est consacré à cette lutte quasi désespérée.

Comment faire ? Quelle preuve apporter contre quarante-six témoins visuels, à la moralité irréprochable ? Sans compter les banquiers qui lui ont ouvert des comptes ridicules, et reçu des chèques sans provision durant des mois. Eux aussi l'ont reconnu, sans hésitation.

Misérablement, Philipp Mac Larra cherche à se constituer des alibis, mais chaque fois qu'il va voir un ancien client pour lui demander : « J'étais bien chez vous à telle date, pour vous vendre une machine-outil ? », l'autre le rabroue sans même l'écouter.

Et puis un matin, alors qu'il couvre des pages de sa petite écriture d'ancien honnête homme, pour établir le mémoire de son innocence, on frappe à sa porte.

C'est un policier, à nouveau.

« Mac Larra ? »

Il secoue la tête avec terreur, non ! Cela ne va pas recommencer ? Si. Quatorze plaintes ont été déposées contre lui à nouveau, pour la même raison : Petites annonces, offres d'emplois, bijoux qu'il s'est chargé de faire transformer, chèques sans provision...

On ressort les dossiers et les photos, c'est bien lui, disent les nouvelles plaignantes.

Et voici à nouveau Philipp Mac Larra sur le podium, devant quatorze visages féminins, et il redevient fou, en entendant les voix dire l'une après l'autre :

« C'est lui ! C'est lui, c'est lui, c'est lui ! C'est lui l'escroc ! »

Deux ans de prison à nouveau, et à nouveau sa photo dans tous les journaux, à nouveau l'infamie, le désespoir, les murs, les barreaux, les cauchemars.

Dix-huit mois et vingt jours s'écoulent ainsi. Dans cinq mois et dix jours, Philipp Mac Larra sera libre à nouveau d'aller crier ailleurs son innocence, qu'il ne crie d'ailleurs plus. Il est devenu silencieux, seuls les yeux perdus de désespoir accrochent encore les gardiens de temps à autre. Mais ils n'y font guère attention, car le nu est fou, tout le monde le sait.

Alors, le petit événement qui se produit ce jour-là, le fou en question ne l'espérait même pas. Un bijoutier vient déclarer à la police :

« J'ai reçu la visite d'un homme, 1,75 m environ, cheveux bruns, yeux bruns, nez droit et menton rond, c'est l'homme dont vous avez publié la photo dans les journaux, un nommé Mac Larra. Il m'a proposé des bijoux à la vente, mais je me suis méfié, c'était sûrement des bijoux volés. »

On court à la prison, Mac Larra se serait-il évadé ? Non, Mac Larra est toujours là, à tourner en rond silencieusement, replié sur son innocence comme sur une maladie honteuse et incurable.

Vingt-quatre heures plus tard, l'homme aux bijoux volés est arrêté en flagrant délit, alors qu'il tente de vendre les mêmes bijoux à un autre commerçant.

Et les policiers qui l'arrêtent croient devenir fous à leur tour, car ils ont devant eux : Philipp Mac Larra, en chair et en os, avec ses cheveux bruns, ses yeux bruns, son nez droit et son menton rond, sa taille, et son air d'honnête citoyen. Pourtant Philipp Mac Larra est en cellule, et il y est encore lorsqu'on amène le voleur pour une confrontation.

C'est dans le bureau du directeur de la prison, qu'a lieu la rencontre entre les deux hommes, une rencontre étonnante, celle du bien et du mal, de l'innocent et du coupable, face à face, identiques, jusque dans l'expression. Jamais sosie ne fut plus parfait.

Devant cette projection de lui-même, Philipp

Mac Larra, les traits creusés par la maladie et la prison, reste d'abord sans voix, puis il bégaie :

« Qui... Qui êtes-vous ? »

Son double hausse les épaules, et ricane légèrement, un peu gêné, curieusement gêné, tandis que l'innocent répète :

« Qui êtes-vous... monsieur ? »

Philipp Mac Larra est définitivement devenu fou, il le croit en tout cas ! Est-il en train de se demander à lui-même, qui il est ?

Alors il s'approche, il avance des mains tremblantes vers l'image, il s'apprête à rencontrer le vide, comme un mirage, et il touche, un bras, une épaule, un visage, sur lequel sa main se promène un instant en tâtonnant, comme celle d'un aveugle.

L'autre se recule :

« Eh ! Laissez-moi tranquille ! On se ressemble d'accord, vous n'allez pas en faire toute une histoire ! »

Si, toute une histoire, et bien plus encore, toute une vie. Car Philipp Mac Larra est acquitté au cours d'une procédure rapide, à laquelle pourtant il n'assistera pas. C'est à un malade mental, que l'Etat anglais versera 6000 livres sterling de dédommagement. Et il n'entendra pas le président du tribunal dire :

« Les hommes et les juges ne sont pas responsables de cette affaire tragique. Si tous se sont trompés, c'est la nature cruelle et implacable qui a fait naître deux êtres semblables, sans qu'ils soient parents d'une manière quelconque. L'un ignorait son sosie, l'autre le découvrit lorsqu'on arrêta le sien, et décida en toute quiétude de profiter de la situation. La deuxième fois, il se trompa de cinq mois et dix jours sur la date de libération de son prisonnier de paille. »

Thomas Jepson avait le même âge à un an près que Philipp Mac Larra, et il avait vécu huit ans, dix-huit mois et vingt jours, dans l'opulence avec le fruit de ses premiers vols.

Pendant ce temps, Philipp Mac Larra devenait fou, perdait sa femme, ses enfants, son métier, son honorabilité, et sa vie.

A quarante-deux ans, Philipp Mac Larra recevait le dernier choc de son existence, en rencontrant son double vivant. Les 6000 livres furent mises à la disposition de ses enfants, et les médecins luttèrent pendant quatre ans, pour tenter de le guérir, en vain. Cet homme jeune encore se mit à vieillir brutalement, et ne reconnut plus personne, pas même ses enfants. A quarante-cinq ans, c'était un vieillard grabataire et silencieux, vidé de toute substance, qui, lorsqu'on lui demandait : « Voulez-vous un verre d'eau ? » Ou « voulez-vous de la soupe ? » Ou « il faut dormir ! »... Répondait inlassablement :

« C'est pas moi. »

UNE SEULE CUILLÈRE

Au mois de février 1954, Monica Ruth, une petite bonne de dix-huit ans, parcourt à grandes enjambées une rue de la ville de Bochum en Allemagne, un samedi vers midi. Le pharmacien est-il encore ouvert ?

Monica appuie sur la poignée de la porte qui s'ouvre.

« Entrez, mademoiselle... » dit Wolf, le pharmacien, voyant apparaître la petite tête blonde et frisée de la jeune fille.

Est-ce un pharmacien ? Les documents de l'affaire l'appellent « le droguiste » et le décrivent comme un homme d'une cinquantaine d'années, aux cheveux gris et au visage bourru. Pour le moment, il sert deux clientes qui lui ont présenté une liste impressionnante de produits.

Il a tout juste le temps de demander à Monica :

« Qu'est-ce que vous voulez, mon petit ?

– C'est pour un petit garçon qui a la coqueluche. Il a toussé toute la nuit. On a tout essayé.

– Faites-lui boire de la glycérine », suggère une cliente qui se mêle de ce qui ne la regarde pas.

La petite bonne consulte du regard M. Wolf. Celui-ci n'est pas très convaincu.

« C'est un remède de bonne femme, dit-il. Mais si vous avez tout essayé, vous pouvez toujours tenter la glycérine. »

Puis il se tourne vers un garçon de dix-sept ans noyé dans une blouse blanche trop grande dont les manches sont raccourcies par un pli que Mme la droguiste a soigneusement cousu.

« Tu trouveras ça là-bas, dit M. Wolf, deuxième rayon, troisième bouteille à gauche. »

Tandis que M. Wolf continue de servir ses clientes, l'assistant monte sur une petite échelle et s'empare d'une grosse bouteille brune. Redescendu, il en verse un peu dans un flacon, sans remarquer que le liquide est bien fluide et bien volatil pour de la glycérine. Le flacon bouché, il le tend à la petite bonne qui paie et s'en va. Lorsque enfin M. Wolf a fini de servir ses clientes, une idée lui passe brusquement par la tête en voyant que l'assistant, remonté à l'échelle, se dispose à remettre la grosse bouteille en place.

« Arrête ! Qu'est-ce que c'est que cette bouteille que tu tiens ? »

L'assistant se fige sur son échelle, muet.

« C'est... C'est de ce flacon que tu as sorti la glycérine ?

– Oui, monsieur. »

Le droguiste tend nerveusement les mains. Elles tremblent lorsqu'il s'empare de la bouteille et lit l'étiquette : « Hydrogène arsenié. »

« Sacrebleu ! grogne le droguiste. Mais tu lui as donné du poison ! »

Il pose la bouteille sur son comptoir et se précipite dans la rue. Evidemment la jeune fille a disparu. Elle a eu largement le temps d'entrer dans une des maisons du quartier ou même de sauter sur un vélo. Et M. Wolf ne la connaît pas, il ne l'a jamais vue.

Les yeux horrifiés, il murmure à son assistant :

« Une cuillère et c'est la mort! Tu te rends compte? Une cuillère, une seule cuillère, et c'est la mort de ce gosse! »

Dans le quartier, on dit de Mme Eltmann que c'est une bonne commerçante. Elle sait faire crédit, elle est généreuse, et vend à prix raisonnable une viande de première qualité. Elle a en tout cas les moyens de sa politique et la politique de ses moyens. Ses mains agiles appuient avec précision et rapidité sur les touches de la caisse enregistreuse dont le tiroir s'ouvre et se ferme indéfiniment depuis huit heures du matin. Lorsqu'elle se penche en avant pour remettre aux clients leurs paquets, sa poitrine généreuse balaie le comptoir.

De temps en temps, elle se fige, tend l'oreille : est-ce que le petit s'est repris à tousser? Non.

Ses yeux vifs et clairs surveillent les trois commis de sa boucherie et, par-delà la vitrine guettent la rue où la petite bonne devrait revenir de chez le droguiste avec un produit pour calmer la toux du petit.

Karl, deux ans, vient de passer une nuit atroce. Mme Eltmann et son mari aussi par la même occasion. De toute la nuit, l'enfant n'a pu fermer l'œil, secoué sans arrêt par d'interminables quintes de toux. Il ne s'est endormi qu'au matin. Et sa mère craint que les quintes recommencent dès le réveil de l'enfant.

Voilà pourquoi elle pense dans un soupir, en voyant la jeune fille apparaître au coin de la rue tenant un flacon de médicament à la main : « Ah! Enfin! La voilà... »

Pendant ce temps, au commissariat de la rue Charloten, un policier sourit :

« Bonjour monsieur Wolf. »

Et ce policier, de permanence au commissariat, croit très drôle d'ajouter à l'intention du quinquagénaire aux cheveux gris et au visage bourru qui vient d'entrer, son gros flacon à la main :

« C'est pour moi tout ça ? Mais je ne suis pas malade, monsieur Wolf ! »

Puis devant l'air catastrophé du droguiste, il comprend que la plaisanterie n'est pas de mise.

« Qu'est-ce qui se passe ?

— Il y a quelques minutes, une jeune fille est venue pour un petit garçon qui a la coqueluche. Une cliente lui a proposé de lui donner de la glycérine. »

Le malheureux brandit sa bouteille :

« Et on lui a donné ça !

— Qu'est-ce que c'est ?

— Vous ne voyez pas, non ? C'est écrit dessus : " Hydrogène arsenié ! " C'est un poison. Une cuillère, il suffit d'une cuillère, pour tuer ! »

M. Wolf, les jambes tremblantes, s'affale sur une chaise. Sa grosse bouteille à la main, il ne cesse de répéter :

« Si seulement je savais qui est cette jeune fille. Si seulement je savais ! »

Le malheureux est tellement affolé, ses explications sont si confuses que le policier doit lui faire répéter trois fois son histoire pour comprendre que le produit étant vendu sans ordonnance et la cliente lui étant inconnue, il est impossible de retrouver rapidement l'enfant à qui le poison va être administré.

Mme Eltmann vient de sursauter. Elle croit avoir entendu son fils tousser :

« Excusez-moi », dit-elle et elle quitte dans un grand tourbillon de poitrine les clients, pour se précipiter dans l'arrière-boutique où la jeune petite bonne aux cheveux blonds frisés et aux yeux bleus commence à balayer les marches de l'escalier qui mène à l'appartement.

« Monica, il me semble avoir entendu Karl tousser. Allez donc lui donner une cuillère de glycérine. Si ça ne fait pas d'effet, je rappellerai le docteur.

– Bien madame... »

Monica s'essuie les mains et monte au premier étage. L'immeuble où se tient la boucherie Eltmann a été durement secoué pendant la guerre. Des travaux doivent être entrepris pendant l'été. Pour le moment, des étais de bois barrent l'accès de la porte principale de l'appartement. Monica entre donc par la cuisine, prend au passage une cuillère dans un tiroir et le flacon qu'elle a rapporté de chez le droguiste qui attendait sur la table.

Une voiture munie d'un haut-parleur sort en trombe du garage de la police situé à cinq cents mètres de la rue Charloten.

« Bon... Alors où je vais ? » demande dans le micro de son émetteur le policier assis à côté du chauffeur.

Une voix nasillarde venue du commissariat lui répond :

« Vous allez rue Charloten et dans toutes les rues avoisinantes.

– Et qu'est-ce que je dis ?

– Vous dites... Vous avez un papier et un stylo ? Bon, alors écrivez : « Pressant appel à tous « les habitants du quartier. Une jeune fille a « voulu acheter chez le droguiste Gunther Wolf, « rue Charloten, de la glycérine comme remède « contre la coqueluche pour un petit garçon. Par « erreur, il lui a été remis de l'hydrogène arsenié « dont l'absorption est mortelle. Prévenez toutes « les familles ayant un enfant malade et renseignez le commissariat de la rue Charloten !... »

Avec vélocité, les doigts de Mme Eltmann courent sur le clavier de la machine enregistreuse lorsque la petite Monica apparaît dans l'encadrement de la porte de l'arrière-boutique. Elle a l'air inquiet, incertain.

Mme Eltmann lui jette un regard vif :

« Qu'est-ce qu'il y a ? »

La bouche de la petite bonne articule quelques mots, inaudibles dans le brouhaha de la boutique :

« Approchez, mon petit, je ne vous entends pas. »

Lorsque Monica est à ses côtés, la bouchère lui demande à voix basse :

« Alors ? Vous lui avez donné la glycérine ?

– Il dormait madame...

– Vous lui avez donné ou vous ne lui avez pas donné ?...

– Je n'ai pas osé le réveiller, madame...

– Vous avez bien fait. Mais vous le surveillez, hein ? Et dès qu'il se réveille...

– Oui, madame... »

Depuis dix minutes, la voiture de la police sillonne le quartier en lançant par haut-parleur un appel qui, il faut bien le dire, n'est pas toujours audible. Elle est d'ailleurs passée devant la boucherie Eltmann, malheureusement après avoir lancé son appel quelques dizaines de mètres avant, et pour en lancer un autre un peu plus loin, de sorte qu'il ne parvient à Mme Eltmann qu'un écho lointain. Elle demande à la cantonade :

« Qu'est-ce qu'ils racontent ?

– Je n'ai pas fait attention, dit un commis.

– Je n'ai rien entendu, dit un autre.

– Ils annoncent peut-être les coupures d'eau prévues pendant le week-end », suggère une cliente.

Au commissariat de la rue Charloten, un policier apprenant que les appels de la voiture haut-parleur sont apparemment sans effet, suggère que l'on lance un avertissement radio par la chaîne N.W.D.

« Bonne idée... » dit l'adjoint du commissaire, un grand garçon maigre aux cheveux en brosse, genre boy-scout monté en graine, qui s'empare du téléphone.

Mais à la station locale de la N.W.D. il n'y a dans le studio qu'une speakerine de service.

« Moi je ne peux rien faire. Ce n'est pas moi qui ai l'antenne en ce moment. Le programme vient de Hambourg et je n'ai pas les moyens de l'interrompre. »

L'affaire se passe en 1954 et à l'époque la radio n'a pas la souplesse que nous lui connaîtrons trente ans plus tard. En Allemagne, l'interconnexion des réseaux de programmes empêche alors l'interruption de ceux-ci pour la diffusion d'informations à caractère local.

« Mais voyez Mme Klein... suggère la speakerine de service. Elle doit être chez elle. C'est la responsable des programmes. Elle vous dira ce qu'elle peut faire... »

Il est quatorze heures. Mme Eltmann constate que les clients se font plus rares. Dans quelques instants, elle va pouvoir fermer. Elle appelle :

« Monica ! Allez voir si le petit dort toujours ! »

Le boy-scout monté en graine, adjoint au commissaire s'accroche au téléphone :

« Allô, madame Klein ? Ici le commissariat de la rue Charloten... Il vient de nous être soumis un cas très grave. Est-ce qu'il serait possible de lancer un avertissement par la radio ?

– Désolée, monsieur, mais je suis Mme Klein mère. C'est sûrement à ma belle-fille que vous voulez parler.

– Oui, sans doute. Elle n'est pas là ? Où est-elle ? On peut la joindre ?

– Elle est allée voir avec son mari la revue sur glace au Palais des expositions. »

Mme Klein n'entendra jamais le remerciement du boy-scout monté en graine qui raccroche brusquement.

« Vite ! Une voiture ! dit-il. On va au Palais des expositions. »

Et en se précipitant dans le couloir, il ajoute à l'intention du droguiste qui se levait pour le suivre :

« Je n'ai pas besoin de vous, monsieur. Mais

vous pouvez rester là. Si vous partez n'oubliez pas que vous devez rester à notre disposition.

– Je reste... » dit le malheureux Wolf qui se sait passible d'homicide par imprudence.

A la boucherie Eltmann, on a retiré le bec de canne. Les commis accrochent leurs tabliers. Mme Eltmann donne un tour de clef au tiroir-caisse et se dirige vers l'escalier.

Karl doit être réveillé. Elle va lui donner sa glycérine, si toutefois Monica ne l'a pas déjà fait.

Le Palais des expositions est la grande salle de Bochum où se déroulent les manifestations sportives et les spectacles requérant un public important. Ce samedi-là, à quatorze heures trente, sur une immense piste glacée, évolue un couple de patineurs célèbres Rice et Paul Falk. Ils viennent d'attaquer à grand renfort de violons une valse éblouissante et sirupeuse lorsqu'un borborygme bizarre dans les haut-parleurs leur fait froncer les sourcils.

Très vite, une voix interrompt la diffusion de la musique :

« On demande Mme Klein d'urgence, à la porte 3... »

A nouveau, quelques flonflons et la voix, rapide et gênée, répète :

« Urgence, Mme Klein... à la porte numéro 3... »

Et la musique reprend définitivement tandis que, quelque part dans la foule, une rouquine d'une trentaine d'années se lève précipitamment. Relevant le bas de sa robe *new-look* pour se glisser entre les pieds serrés des spectateurs, Mme Klein suivie de son mari, descend en trottant vers le bord de la piste où l'attend une ouvreuse.

A la porte 3, un grand escogriffe à l'air d'un boy-scout monté en graine, se précipite au-devant d'elle :

« Madame Klein ? Je suis l'adjoint du commissaire de la rue Charloten... C'est une question de vie ou de mort pour un enfant. Un pharmacien a fourni un poison mortel au lieu et place d'un médicament inoffensif. Nous n'avons aucun moyen de retrouver cet enfant. S'il n'est pas encore trop tard, nous voudrions faire une annonce à la radio. »

Le joli front pur de Mme Klein se fronce sous sa chevelure rousse :

« Mais... Mais... Pourquoi vous adresser à moi ?

– La speakerine de service nous a dit que...

– Quelle idiote ! Ce n'est pas à moi qu'il faut demander ça ! C'est du ressort du directeur de Hambourg. Le programme part directement de là-bas. A cette heure-ci, nous n'avons aucun moyen d'intervenir ! »

Mme Eltmann prend sur la table de la cuisine, de la main gauche, le flacon qu'elle croit plein de glycérine et de la main droite, la cuillère que quelques instants plus tôt la petite bonne, Monica Ruth, a posée. Cela fait, elle traverse la salle à manger où Monica débarrasse la table et se dirige vers la chambre de son fils. Il est environ quatorze heures trente.

Dans l'obscurité de la chambre, elle n'entend que la respiration un peu rauque de l'enfant sur le petit lit duquel elle se penche. Karl dort toujours à poings fermés.

Mme Eltmann hésite. Le temps de lui faire

prendre sa glycérine, il se rendormira sans doute aussitôt. Mais, à quoi bon le réveiller ? Voilà huit heures qu'il dort. Huit heures ininterrompues. Il va donc s'éveiller d'un moment à l'autre. Elle pose le flacon et la cuillère sur une petite table et retourne dans la salle à manger.

Dans le bureau de la direction du Palais des expositions, Mme Klein, d'une main nerveuse, a composé le numéro du directeur de la radio à Hambourg.

Celui-ci, tout d'abord, reste sourd à ses objurgations.

« Vous savez bien qu'on ne peut pas faire passer une information locale sur le réseau de l'Etat !

– Mais c'est une question de vie ou de mort !

– Je comprends, mais faites diffuser votre avertissement par l'émetteur de Bochum.

– Pour ça, nous n'avons personne sous la main. Ça va demander un temps fou !

– Peut-être mais c'est strictement interdit ! Si j'accepte, j'aurai des ennuis !

– Et vous croyez que vous n'en aurez pas si demain les journaux racontent qu'un enfant est mort parce que vous avez refusé, pour des raisons purement administratives, qu'on avertisse ses parents par la radio ? Car c'est de cela qu'il s'agit monsieur le directeur. D'empêcher une mère de donner à son enfant une cuillère de poison. Si elle ne l'a pas déjà fait. Une seule cuillère, monsieur le directeur.

– Bon... D'accord... Je vais faire passer l'avertissement. Qu'est-ce qu'il faut dire ? »

Quelques instants plus tard, tandis que ses auditeurs finissent de boire leur café, la radio N.W.D. interrompt un programme musical pour lancer un appel pressant aux habitants de Bochum.

Dans la ville, plus de 100000 personnes entendent cet appel. Malheureusement ni Mme Eltmann, ni ses commis, ni la petite bonne n'écoutent à ce moment la radio. Aucun voisin ni proches parents ne la préviennent : soit qu'ils ignorent la maladie de l'enfant, soit qu'ils ne fassent pas le rapprochement, soit qu'ils n'aient pas entendu l'annonce.

Aussi, lorsqu'elle perçoit le bruit de Karl qui se retourne dans son petit lit, elle entre dans la chambre pour lui donner la glycérine.

Au bout de la rue apparaît la voiture haut-parleur de la police. A vrai dire, après avoir tourné dans le quartier pendant deux heures, le policier en a eu « ras-le-bol » de répéter son boniment. Aussi s'est-il interrompu un instant, le temps de l'enregistrer sur une bande magnétique. Puis il a repris son interminable tournée, jusqu'alors sans résultat et désormais sans grand espoir. Si une seule cuillère suffisait à tuer cet enfant, il y a belle lurette qu'il doit être à l'hôpital.

Brusquement, une petite jeune fille de dix-huit ans, aux cheveux frisés et aux yeux bleus qui sortait de la boucherie se précipite vers la voiture :

« J'ai pas compris... dit-elle. J'ai entendu que les derniers mots " enfant de deux ans... coqueluche... " »

Décidément, dans la chambre du petit Karl, on ne voit goutte... Pour administrer le médicament à son fils, Mme Eltmann vient d'ouvrir les volets. Elle referme la fenêtre en souriant, se retourne vers l'enfant. La bouteille de glycérine et la cuillère sont sur la table.

En bas, la petite bonne vient de comprendre à demi-mot les explications du policier. Celui-ci qui la voit se précipiter vers la boucherie n'a pas besoin qu'on lui fasse un dessin. Il bondit à sa suite.

Monica, qui ouvre avec sa clef la porte de la boutique, a tout juste le temps de lui dire :

« Pourvu qu'il ne soit pas trop tard! Madame attendait qu'il soit réveillé, et elle vient d'ouvrir les volets! »

Les policiers sont des gens comme les autres. Il y en a qui pensent au ralenti et d'autres qui pensent vite. Grâce au Ciel, celui-là pense vite. Il pense qu'il est inutile d'être à deux pour monter un escalier. D'une enjambée, il retourne à sa voiture, décroche son micro, pousse le potentiomètre à fond et hurle son message.

Mais en fait ce qu'il dit n'a aucune importance. D'ailleurs, la portière étant ouverte et le potentiomètre à fond, la rue retentit d'un énorme effet larsen – ce sifflement caractéristique qui fait sursauter tous les habitants.

Dans la chambre au deuxième étage, son flacon d'une main, la cuillère de l'autre, Mme Eltmann reste pétrifiée de ce vacarme et demande à Monica qui entre comme une folle :

« Quoi? Qu'est-ce qui se passe? »

Le regard de la jeune fille va de la cuillère au flacon.

« Vous lui avez donné?

– Non, mais j'allais le faire, pourquoi? »

Mme Eltmann regarde le flacon, devine presque et hurle à son tour :

« Qu'est-ce qu'il y a là-dedans? Dites-moi ce qu'il y a là-dedans??? »

UN BEAU DÉSASTRE

La mère a trente-six ans; brune, petite, mince, elle semble au bord de la crise de nerfs. Le père, lui, serre les poings d'impuissance. Ils sont là, tous les deux, depuis une heure, dans le bureau du commissaire de police. Des parents dans l'angoisse. Une nouvelle fois, le commissaire s'adresse à la mère :

« Voyons, madame, essayez d'être le plus clair possible. C'est important. Vous êtes le seul témoin du rapt.

– Je vous ai tout dit...

– La voiture ? Essayez de vous rappeler la couleur, sinon la marque...

– Je ne sais pas... Bleue ou noire...

– Une voiture italienne ou étrangère ? Madame Cetti, reprenez-vous, je vous en prie. Pleurer ne sert à rien pour l'instant. Concentrez-vous, et essayez de me décrire la voiture. Rien ne vous a frappée ?

– Non...

– Elle était grande, petite ? A deux portes ou à quatre portes ?

– Mais je ne sais pas ! Tout a été si vite. Je marchais avec mon fils au bord du trottoir, on allait traverser; la voiture s'est arrêtée, un homme a tiré Giovanni par le bras, et elle est repartie aussi vite. Je n'ai même pas eu le temps de crier.

– Et l'homme ? Vous n'avez pas vu son visage ?

– Non...

– Ils étaient deux ?

– Non. Je ne crois pas...

– Allons, madame Cetti, ils étaient forcément deux. Pour kidnapper un enfant aussi rapidement, il faut être deux. Celui qui attrape l'enfant et celui qui conduit... Puisque vous dites que la voiture s'est arrêtée une seconde à peine... »

Mais la pauvre femme éclate en sanglots, et son mari la console, en s'excusant auprès du commissaire.

« Pardonnez-lui, elle est fragile. Le choc a été trop fort. D'ailleurs, elle n'a sûrement pas vu grand-chose. Quand elle m'a téléphoné, elle n'arrivait même pas à s'expliquer tellement la chose a été rapide !

– Quelle heure était-il ?

– Environ, quatre heures.

– Votre femme avait-elle l'habitude de sortir à cette heure-là ?

– Quand Giovanni ne va pas en classe, elle l'emmène avec elle, pour les courses. J'imagine qu'il n'y a pas d'heure fixe.

– Elle prend toujours le même itinéraire ?

– Je ne crois pas. Cela dépend où ils vont.

– Monsieur Cetti, réfléchissez bien, encore une fois, à cette question. Y-a-t-il une raison quelconque qui motiverait un enlèvement ?

– Je ne sais pas. Je vous l'ai déjà dit, nous ne sommes pas riches, je ne me connais pas d'ennemis, je n'y comprends rien, ce doit être un fou !

– Possible, en effet. Mais votre fils a sept ans, il peut donc reconnaître son ravisseur, le cas échéant. D'autre part, un fou opère rarement de cette façon; comme un professionel : voiture rapide, enlèvement rapide. Non, un fou, ou un maniaque, attend que l'enfant soit seul, pour l'attirer sous un prétexte quelconque. Or, le ravisseur est organisé. Apparemment, il devait guetter votre femme et votre fils depuis plusieurs jours. Il a choisi le bon moment, une rue déserte, pas de témoins, et en plein après-midi. »

Le commissaire réfléchit, puis continue :

« Une chose m'étonne. Pourquoi votre femme a-t-elle préféré vous téléphoner, avant de prévenir la police ? Il y a un poste un peu plus loin dans la rue. C'était plus logique d'y courir ?

– Peut-être, elle s'est affolée, je suppose. Elle a l'habitude de compter sur moi.

– Oui. Bon, eh bien, je crois que vous pouvez rentrer chez vous, ça vaut mieux. Je vais faire surveiller votre téléphone, et quadriller le quartier. Logiquement, vous devriez recevoir une demande de rançon. Si c'est le cas, ne vous affolez surtout pas. Parlez le plus longtemps possible, et soyez attentif à la voix, vous la connaissez peut-être, on ne sait jamais. En attendant, votre femme a besoin d'un médecin. Il faut qu'elle retrouve son calme, je l'interrogerai plus tard. »

M. et Mme Cetti rentrent donc chez eux, dans une voiture de police. Il n'y a plus qu'à attendre; vivre ces heures épouvantables devant un téléphone muet, se torturer, essayer de comprendre qui, pourquoi, avec des envies de meurtre à son tour. La lâcheté d'un kidnappeur d'enfants n'a plus de nom. Elle est tellement indigne, que celui qui se rend coupable d'un crime semblable, ne porte plus le nom d'homme.

Le commissaire, lui, est mal à l'aise. Quelque chose ne va pas, il ne sait pas quoi. C'est la petite Mme Cetti qui le met mal à l'aise. Et tout en mettant en place le dispositif habituel, il marmonne intérieurement.

« Kidnapping, rapt, c'est drôle, je n'y crois pas. Pourquoi est-ce que je n'y crois pas ? Le père, d'accord, il a l'air sincère, mais elle ? Pourtant, c'est la mère... »

Trois jours après l'enlèvement du petit Giovanni Cetti, en août 1958 à Milan, les parents n'ont reçu aucune demande de rançon. Et la mère a refusé de voir les journalistes, refusé qu'ils diffusent la photo de l'enfant. La police a respecté son désir. L'affaire reste donc inconnue du grand public.

« J'ai peur qu'on le tue, s'il y a trop de publicité autour de lui... »

La photo du petit Giovanni demeure donc dans les commissariats de la ville. C'est un petit garçon au visage rieur et gai, mince, aux cheveux châtains bouclés, et aux yeux noisette. Il ne ressemble guère à son père, ou à sa mère.

C'est la réfléxion du commissaire à son équipe.

« Il ne leur ressemble pas, vous ne trouvez pas ? »

C'est difficile à dire, après tout, le visage d'un enfant de sept ans est en pleine évolution.

Mais le commissaire semble poursuivre une vague idée. Et il convoque le père de Giovanni.

M. Cetti s'explique bien volontiers.

« Nous n'avons pas eu de chance, ma femme et moi. Nous espérions un enfant depuis des années. Notre couple en souffrait d'ailleurs, et pour tout vous dire, si j'ai choisi de travailler à l'étranger, c'est beaucoup à cause de cela : ma femme et moi nous avions des problèmes. Et c'est quelques mois avant mon départ, qu'elle est tombée enceinte. Moi je ne pouvais pas rompre mon contrat. Il a fallu que je parte. Quant à l'envoyer en Afrique, c'était hors de question, le médecin le déconseillait. Ma femme avait une grossesse difficile, besoin de repos et de soins attentifs. Elle est donc restée en Italie. Et pendant cinq ans, je n'ai connu mon fils pratiquement que sur des photographies, et des lettres. Je n'avais droit qu'à de courtes vacances tous les deux ans, si bien que je l'ai véritablement découvert en rentrant, il y a un an.

Le commissaire prend des précautions oratoires pour poser la question suivante.

« Je cherche toutes les possibilités, comprenez-le. Etes-vous sûr... Enfin cet enfant, est bien à vous ?

– Certain, commissaire. Je pourrais presque vous dire le moment où il a été conçu. Lorsque j'ai décidé de partir en Afrique, ma femme m'a supplié de faire de nouvelles tentatives. Elle avait vu un spécialiste, et suivi un traitement. Croyez-moi, Giovanni est bien mon fils. D'ailleurs, il serait stupide de soupçonner ma femme. Comment a pu vous venir une idée pareille ?

– Excusez-moi, je cherche toutes les possibilités, je vous l'ai dit. Ce n'est donc pas vous qui avez déclaré l'enfant à l'état civil ?

– En effet. Ma femme était seule, elle a attendu d'avoir des forces pour remplir les formalités. L'accouchement a été difficile, d'après ce qu'elle m'en a dit.

– Qui l'a accouchée ?

– Le docteur B. Il la suit depuis toujours. Mais que cherchez-vous ?

– Monsieur Cetti, je vais être franc avec vous.

– C'est préférable, en effet !

– Je ne crois pas que votre fils ait été kidnappé.

– Comment ? Mais c'est absurde, voyons...

– Ne vous énervez pas. Depuis le début, depuis le premier interrogatoire de votre femme, j'ai le sentiment qu'elle ne dit pas la vérité.

– C'est impossible, commissaire. Vous allez trop loin... Ma femme est bouleversée par la disparition de notre fils, et moi aussi. Mais elle, plus que moi encore. C'est une femme, c'est sa mère, elle se sent responsable de n'avoir rien pu faire, et empêcher ce rapt. Antonia est très fragile nerveusement, je vous l'ai dit; elle voue à son fils une adoration excessive. Mettez-vous à sa place ! D'ailleurs, je ne permettrai pas que vous la soupçonniez de quoi que ce soit, c'est ridicule ! Et insultant pour elle. »

M. Cetti a le droit de se fâcher, on le comprend. Mais tout de même, il se calme, et demande un peu inquiet :

« Qu'est-ce qui vous fait croire qu'elle ment ?

– Tout un ensemble de choses. Des contradictions dans son récit du rapt, un manque de précision, le fait qu'elle vous ait téléphoné avant de prévenir la police, et puis, pour tout vous dire, j'ai le sentiment que votre femme est malheureuse, certes, mais qu'au fond d'elle-même, elle est sûre que Giovanni n'est pas en danger.

– Vous vous rendez compte de ce que vous dites ? En somme, vous suggérez que ma femme est en quelque sorte complice de l'enlèvement de son fils ? Ou qu'elle sait des choses à ce propos ? Je ne peux pas le croire. Giovanni est tout pour elle.

– Et vous aussi !

– Comment cela ?

– Elle vous aime. C'est visible. Vous aussi vous êtes tout pour elle !

– Peut-être, sûrement même, mais je ne comprends pas.

– Moi non plus, monsieur Cetti. Je vous ai fait part de mes sentiments, sans plus. Mais je ne comprends pas. Simplement, j'ai la certitude qu'il y a autre chose derrière tout cela.

– Et que proposez-vous ?

– De commencer par le début. Voulez-vous m'accompagner à l'état civil ? Ainsi vous participerez vous-même à l'enquête. »

Le commissaire de police, et le père de Giovanni Cetti, kidnappé trois jours plus tôt, attendent ensemble devant un guichet de l'état civil de Milan. L'employé est allé quérir le registre de l'année 1950. Il cherche à présent, à la date du 10 novembre.

« Voilà. Le 10 novembre 1950, à dix-sept heures, est né, de Cetti Giorgio et de Antonietta son épouse, Giovanni, de sexe masculin. Je vous lis aussi la mention de décès ? »

Le policier et le père ont sursauté en même temps. Mention de décès ? De quoi s'agit-il ?

L'employé lit, sans se troubler le moins du monde.

« L'enfant est décédé le lendemain, 11 novembre 1950. Lieu du décès : hôpital San Regina. Si vous voulez l'acte, il faudra revenir. »

Le père est si pâle, il s'agrippe tellement au guichet de l'état civil, que l'employé, un peu effrayé, demande :

« Quelque chose ne va pas ? »

Mais le commissaire entraîne déjà M. Cetti.

« C'est un choc, je le reconnais. Je ne m'attendais pas vraiment à cela, soyez-en sûr. Découvrir que votre fils est mort à sa naissance. Non, je n'espérais pas que c'était aussi simple...

– Simple ?... Mais qu'est-ce que vous racontez ? Il doit y avoir une erreur. C'est impossible, enfin ! Ma femme ne m'aurait pas caché une chose pareille ! Alors qui est Giovanni ? Ce n'est pas mon fils ?

– Apparemment, vous étiez en Afrique... Donc...

– Mais qu'est-ce que ça veut dire ? C'est fou enfin ! Je vais voir ma femme immédiatement !

– Attendez !... Attendez... Une minute... Je vous propose de continuer l'enquête pour l'instant. Nous irons voir votre femme ensuite...

– Ecoutez commissaire, elle m'a trompé ! C'est évident. Elle a eu cet enfant avec un autre homme !

– Ne dites pas de bêtises. Il faut du temps pour faire un enfant. Et Giovanni a sept ans ! De ça, nous sommes sûrs...

– Alors ?

– Nous allons voir le médecin, celui qui s'occupe de votre femme. Il en sait sûrement davantage que nous... »

Le cabinet du docteur B. est celui, un peu vieillot, d'un homme d'une soixantaine d'années. Il regarde M. Cetti, puis la carte du commissaire. Il a un geste désabusé pour dire :

« Je m'attendais à votre visite, un jour ou l'autre. Votre femme est venue me voir il y a trois jours de cela. J'espère qu'elle n'a pas fait de bêtises ? »

Le commissaire prend l'initiative :

« C'est à vous de nous le dire, docteur. C'est vous qui avez accouché Mme Cetti ?

– En effet, à l'hôpital San Regina, il y a sept ans. L'enfant est mort dans la nuit. Et elle a beaucoup souffert, physiquement et moralement, monsieur Cetti. Vous n'étiez pas là, mais vous pouvez imaginer. Cet enfant était son seul espoir. Elle le désirait toujours, depuis si longtemps. De plus, elle avait peur que vous la quittiez. Alors, je crois qu'elle a choisi la meilleure solution pour elle. Il ne faut pas lui en vouloir.

– Mais quoi ? Quelle solution ? C'est tout de même incroyable, tout le monde m'a menti alors ? Qui est cet enfant ? D'où vient-il ? »

Le commissaire ajoute :

« Et où est-il en ce moment surtout, monsieur Cetti, ne l'oubliez pas... »

Cette fois, c'est au tour du médecin d'être surpris.

« Que se passe-t-il ?

– Il se passe que l'enfant a été kidnappé il y a trois jours et il y a trois jours, Mme Cetti est venue vous voir, docteur, que voulait-elle ?

– Kidnappé ? Mais elle ne m'a pas dit cela !

– Alors, qu'est-ce qu'elle vous a dit ?

– Elle était malade, très nerveuse. Elle est venue me supplier de ne rien dire à propos de Giovanni, si on m'interrogeait. Alors, je lui ai répondu que si son mari me posait des questions, je serais bien obligé de dire la vérité. Elle s'est mise à genoux, elle m'a dit qu'elle était prête à tout pour que je me taise. C'était très gênant, elle m'a même proposé de l'argent. Alors, je me suis fâché, et je lui ai conseillé de vous dire la vérité, monsieur Cetti. Mais j'étais loin d'imaginer que l'enfant avait été kidnappé ! C'est curieux qu'elle n'en ait pas parlé. »

Le commissaire l'interrompt très vite.

« Qui est cet enfant ? D'où vient-il ?

– C'est une adoption en quelque sorte. Mme Cetti est allée le chercher dans le village où elle est née. Elle m'a dit qu'il s'agissait d'une famille très pauvre, de vagues cousins à elle. La femme venait d'avoir un petit garçon, pratiquement en même temps qu'elle. Elle s'est arrangée – je ne saurais vous dire comment –, bref, la famille lui a confié le nouveau-né. Il avait quinze jours quand je l'ai vu pour la première fois. Quand j'ai deviné qu'elle ne vous mettrait pas au courant, monsieur Cetti, j'ai tenté de la raisonner, mais en vain. Elle avait peur de vous décevoir. Elle savait qu'elle n'aurait plus jamais d'enfant. Alors, elle a imaginé de tromper tout le monde, pour vous tromper le premier. Elle aime cet enfant comme son fils. Je l'ai mise en garde à plusieurs reprises. Rien ne prouvait que les parents ne le réclameraient pas un jour, puisqu'elle n'avait pas pu l'adopter légalement, et pour cause, il aurait fallu votre accord; donc vous révéler le mensonge. »

Le commissaire saute sur le téléphone, sans même demander la permission. Il envoie immédiatement deux hommes au village cité par le médecin. Et trois heures plus tard... Il était là, le petit Giovanni. Un peu effaré. Mais personne ne l'avait kidnappé. Les vrais parents étaient tout simplement venus le réclamer à sa mère adoptive. Il leur avait suffi, pour cela, d'un simple petit chantage : ou elle le rendait, ou le mari était mis au courant.

Alors, désespérée, Mme Cetti avait rendu son Giovanni. Tout s'écroulait pour elle. Mais il lui restait un espoir : que son mari ne sache pas, jamais. Qu'il croie son fils mort, plutôt que de revenir sur sept ans de mensonges. Elle savait bien que son ménage ne résisterait pas.

Elle avait inventé cette histoire de kidnapping, de toutes pièces, après avoir tout tenté auprès des vrais parents de Giovanni; vidé son compte en banque, emprunté pour leur offrir de l'argent, ses quelques bijoux... Supplié... Rien n'y avait fait. Il ne lui restait que ce dernier mensonge, bien trop énorme pour résister à quelques jours d'enquête.

Antonietta Cetti, d'ailleurs, n'avait plus de forces, nerveusement à bout, elle fit deux tentatives de suicide après des aveux dramatiques à son mari.

Restait Giovanni, le petit garçon de sept ans, qui n'avait plus de parents du tout après cette lamentable histoire. Les vrais, il ne les connaissait pas, les faux, il ne les connaîtrait plus.

C'est lui, sûrement, qui a payé le plus cher. Car il n'existait aucun moyen juridique de le rendre à la famille Cetti. Ses parents légaux avaient tous les droits, même celui de refuser l'adoption. Ce qu'ils firent.

Antonietta Cetti et son mari divorcèrent peu après. Plus rien n'était vivable entre eux. Il ne lui pardonnait pas de l'avoir trompé, de lui avoir offert un enfant qui n'était pas de son sang.

Elle ne lui pardonnait pas tout le reste. D'être un homme intransigeant, Italien jusqu'au bout des idées, exigeant que sa femme lui donne *son* enfant à lui et pas un autre. Et finalement de l'avoir obligée, elle, à vivre de mensonges et d'espoir, par lâcheté, pour ne pas le perdre, pour avoir aussi un fils à aimer.

Tout cela, finalement, était un beau désastre.

L'ORDINATEUR AVAIT DES YEUX

QU'EST-CE que le génie ? Une disposition naturelle à créer quelque chose d'original et de grand. Ainsi parle le dictionnaire.

Qu'est-ce qu'un homme ? Un être doué d'intelligence et d'un langage articulé rangé dans la catégorie des primates et caractérisé par un cerveau volumineux, une station verticale et des mains préhensiles. Ainsi parle le dictionnaire.

Maintenant, qui est Keith Taft ? Un homme de génie avec quelque chose en plus, dont le dictionnaire ne parle pas. Ni à génie, ni à homme. C'est X : l'inconnue.

Keith Taft pourrait correspondre aussi à une définition de l'ordinateur : calculateur universel, fonctionnant sans intervention humaine.

Alors ? Génie + homme + ordinateur + X l'inconnue... C'est Keith Taft quarante et un ans, ingénieur, marié, quatre enfants, et de religion baptiste.

Il a une tête de play-boy, des yeux ironiques sous d'immenses lunettes, des cheveux châtains bien rangés sur un front clair, un nez droit, une bouche mince qui a toujours l'air de garder un sourire entendu, et un corps d'athlète, mince et bien musclé.

Un homme sans défaut. Sauf, mais est-ce un défaut, de grands pieds dotés de grands orteils. C'est là que se situe l'inconnue X.

L'histoire vraie de cet homme étonnant nous amène aux limites des possibilités du génie humain. Or, ce jour de l'année 1973, Keith Taft, se rend chez le pasteur, afin d'y confesser sa faute. Son immense faute, sa faute immense et géniale.

L'église baptiste de Sunnyvale aux Etats-Unis, entre San Francisco et San Jose. Nous sommes à quatre heures de voiture de la frontière entre la Californie et le Nevada, c'est-à-dire à portée de Reno, la ville du démon, selon le pasteur.

Ce pasteur-là n'est pourtant pas ce que l'on appelle un homme rigide, et braqué dans ses idées d'un autre âge. Mais tout de même, une ville où on se marie et où on divorce comme on jette une paire de dés sur la table !

Car on joue à Reno. Ce n'est pas l'enfer du jeu comme à Las Vegas, mais peu s'en faut.

Donc, le pasteur reçoit Keith Taft. L'entrevue a été soigneusement préparée entre l'homme de Dieu et la femme de Keith. Ils se connaissent depuis l'enfance, et le pasteur a marié le couple, et l'a baptisé selon la tradition baptiste.

« Mon garçon, l'heure est grave. Ton avenir d'homme est en jeu. Je n'irai pas par quatre chemins, tu es sur une mauvaise pente. »

Le pasteur a soixante-dix ans, mais ne craint pas de porter des blue-jeans, et la croix de son ministère est accrochée sur une chemise à carreaux. Sa tenue contraste violemment avec celle de Keith : costume classique et cravate. L'entretien a lieu dans le garage où le pasteur rafistole une vieille moto, et les deux hommes sont assis sur des caisses. Etrange confessionnal des temps modernes, nous sommes en octobre 1973.

Keith regarde ses mains avec attention.

« Ma femme vous a tout raconté ?

— Tout ? Non. Ta femme m'a dit simplement que tu étais devenu joueur et tricheur. Que tu voulais démontrer aux casinos du monde entier qu'il était possible de les vaincre.

— Je l'ai fait ! Mais je ne considère pas cela comme une tricherie !

— Mon garçon, il n'y a pas trente-six manières de gagner. Il n'y en a qu'une et c'est le hasard qui décide.

— Le hasard ou Dieu ?

— Ne mêle pas Dieu à cela. Je te ferai remarquer que je n'en ai pas parlé. Les jeux du hasard sont les jeux du Diable. Et je m'étonne qu'un homme croyant, intelligent et lucide comme toi, veuille jouer avec le Diable !

— Mais justement, c'est pour le battre ! Et je l'ai fait, j'ai réussi ! Vous ne vous rendez pas compte, pasteur, j'ai mis au point une invention fantastique. Je savais que c'était possible, je peux gagner ce que je veux et perdre ce que je veux ! J'ai dominé le hasard !

— Tu pêches aussi par orgueil je vois, aucun être humain ne domine le hasard.

— Celui du jeu, si ! C'est possible, je l'ai prouvé.

— Alors je t'écoute. S'il est vrai que tu as réussi à dominer le Diable, tu es le Diable, et je te le prouverai à mon tour. Raconte.

— Vous connaissez le Black Jack pasteur ?

— Non, mon garçon. Dieu m'en préserve. Mais peu importe, c'est un jeu ?

— C'est simple. C'est un jeu de cartes, mais c'est le seul qui présente un caractère intéressant : une mise optimale peut avantager le joueur. En

1969, nous avons passé un week-end à Reno avec ma femme. J'ai joué au Black Jack, et j'en suis tombé amoureux intellectuellement, vous comprenez ? Il y a une méthode, c'est un certain Thorpe qui l'a mise au point. Je l'ai déjà étudiée, et j'ai corrigé quelques erreurs. Et en l'améliorant un peu, j'ai déjà pu gagner suffisamment pour que le casino interrompe trois fois la partie. Je gagnais trop, vous comprenez ? Ils étaient inquiets.

– Pour l'instant, je ne vois dans tout cela que le vice. Le jeu est un vice ne l'oublie pas.

– Mais non, pasteur ! Intellectuellement ce n'est pas un vice, c'est un combat mathématique ! J'ai mis sur ordinateur la méthode de Thorpe, et celle de Wilson aussi, un autre spécialiste, et j'ai découvert qu'un joueur pouvait gagner 10 dollars en une heure en pariant 10 dollars par main ! C'est fantastique. Le seul problème c'est que l'application de ces méthodes demande une intense concentration et une grande mémoire. Or j'ai rêvé toute ma vie de supprimer l'effort de l'homme en me servant d'une machine. Pourquoi se concentrer, alors que l'ordinateur peut faire le travail ? Avec l'ordinateur, j'ai calculé qu'un joueur pouvait augmenter ses gains jusqu'à vingt dollars par heure, pour une mise de dix dollars !

– Keith ! Tu parles d'ordinateur, c'est interdit dans les casinos tu le sais bien, à quoi te mènent toutes ces études ? C'est ridicule. A ce compte-là, tous les ingénieurs électroniciens comme toi pourraient impunément gagner des fortunes ! C'est une simple tricherie, qui n'a plus rien à voir avec le jeu.

– Vous ne comprenez pas, pasteur. Les casinos sont des gouffres à dollars, le joueur est perdant d'avance. Finalement, ce sont eux les tricheurs.

– C'est possible Keith, et c'est cela le démon du jeu.

– Alors justement, j'ai inventé un contre-démon ! Vous allez comprendre, c'est simple, il suffisait d'y penser, et de s'entraîner un peu bien sûr, mais j'ai réussi ! »

Voilà donc, ce que raconte Keith Taft, à son pasteur, sidéré : En 1972, Keith a simplement étudié les possibilités des ordinateurs. Or ceux-ci ne sont pas encore assez rapides à l'époque. Pour son incroyable projet l'ingénieur a besoin d'une machine dix fois plus rapide, et capable de transmettre 400 000 calculs à la seconde. Keith s'attaque au problème. Tout seul, il passe mille heures à étudier les données, et mille heures pour concevoir et construire l'engin.

Les détails techniques sont inutiles pour les pauvres béotiens que nous sommes en la matière. Nous ignorons ce que sont les plus petites unités de mémoire, qui fonctionnent à cent cinquante manosecondes par cycle !

Sachons seulement que l'appareil est contenu dans quatre boîtes de cuivre, de la taille d'un paquet de cigarettes. Keith a en effet conçu son ordinateur comme une ceinture portative. Il le fixe autour de son torse. Les mémoires sont reliées à de petites batteries de quatre volts, destinées à faire marcher l'ensemble durant quatre-vingt-dix minutes.

Voilà donc notre ingénieur, nanti d'un super-ordinateur sous sa chemise. Reste à le faire fonctionner secrètement. Dans un casino, la surveillance est bien faite. Tant de joueurs ont imaginé tant de techniques pour tricher... Mais personne jusqu'ici n'a eu le génie de Keith.

Avec du ruban adhésif, Keith va fixer de petits interrupteurs en haut et en bas de ses deux pouces de pieds. Ce sont de petits disques plaqué or, que l'on utilise pour les mini-calculateurs de poche.

Ensuite, il relie ses interrupteurs à l'ordinateur fixé sur son ventre, à travers chaussures et pantalon au moyen de câbles fins. Ceci c'est pour les entrées de données. C'est-à-dire, plus simplement, ce que nous faisons chacun en appuyant sur des touches avec nos doigts, pour calculer 3 × 4 sur une calculatrice.

Or 3 × 4, cela fait 12. Encore faut-il lire 12 quelque part. L'ordinateur de Keith est caché sous sa chemise, il n'y a pas d'affichage lisible, alors ?

Alors, il installe une rangée de sept diodes miniatures, émettant de la lumière en haut et à l'intérieur de la monture de ses lunettes; œil droit. Inconvénient provisoire, l'œil droit est si près des diodes, qu'il ne peut voir qu'une vague zone lumineuse, mais pas de chiffres. Il trouve alors une solution en adoptant des couleurs différentes pour chacune des positions différentes des éclairages.

Pour ceux qui ne suivraient pas, sachez que la solution est parfaite. Keith peut lire les résultats des calculs de l'ordinateur dans ses lunettes !

Voilà, c'est tout simple. Il actionne avec ses pouces de pieds et lit dans ses lunettes. Ses pieds sont dans ses chaussures, ses yeux derrière ses lunettes, l'ordinateur autour de son ventre et sa chemise et son costume par-dessus !

C'est fou. Tellement fou qu'il reste une difficulté.

Comment faire fonctionner les doigts de pieds avec suffisamment de rapidité pour suivre le jeu ? Le rythme est rapide, deux cartes tombent par seconde. Pour arriver à un calcul rapide de probabilité, il faut exécuter dix mille mouvements de doigts de pieds en huit heures de jeu au rythme de deux informations par seconde !

Essayez donc d'actionner vos pouces de pieds, dix mille fois en huit heures, et sans vous tromper !

Keith n'essaie pas, lui, il s'entraîne. La nature lui a donné de grands pieds, avec de longs pouces. Alors il s'en sert.

Pour l'entraînement, Keith s'habille de sa machine infernale et d'un costume normal. Il monte dans sa voiture, et tout en conduisant joue des doigts de pieds. Il stocke ainsi dans son ordinateur tous les numéros d'immatriculation des voitures qu'il croise, au rythme où il les croise sur une autoroute !

Au bout de deux cents heures de ce petit sport, il est prêt. Son invention lui a coûté 50000 dollars, 25000 de nos francs. Et le voilà qui entre au casino de Reno, pour tester son invention. Puis à celui de Las Vegas.

Pour les autres joueurs, pour les croupiers, pour les surveillants, il ne présente rien d'inquiétant. Tout en actionnant ses doigts de pieds dans ses chaussures, tout en lisant dans ses lunettes, il peut même parler avec le croupier. Et comme il gagne, le croupier pense qu'il a affaire à un joueur heureux, sans plus.

Durant les nombreuses heures qu'il passe à jouer ainsi le week-end, on ne lui demandera que deux fois de quitter la salle, par mesure de précaution. Le personnel trouve qu'il a deux yeux bizarres. Mais c'est tout. Cela dit, Keith ne proteste pas, les casinos ont le droit de faire sortir qui ils veulent, au moment où ils le veulent.

Un homme qui gagne, et qui a des yeux bizarres, peut être invité à quitter la salle.

Mais nul ne peut deviner que Keith a des yeux bizarres seulement lorsqu'il lit dans ses lunettes les réponses de l'ordinateur.

Voilà où en est cet homme incroyable. Il a réussi la gageure de battre les casinos au Black Jack ! Il est un génie !

Le pasteur, toujours assis sur sa caisse et toujours sidéré, se fâche :

« Un génie ? Tu es le Diable oui. Le Diable en personne, ta femme avait raison, tu es en train de perdre ta vie.

– Mais j'ai promis à ma femme de me contenter de 4000 dollars à chaque fois ! C'est un gros sacrifice vous savez, pour 4000 dollars, j'y perds. Il faut une mise optimale pour que ça marche parfaitement. Au début, avec 10000 dollars, j'étais parfaitement sûr d'atteindre les 20000 en une heure... Je l'ai prouvé ! Mais ma femme ne comprend rien. Avec 4000 dollars, il me faut d'abord perdre très vite, et ensuite, jouer un long moment avant de reprendre le dessus. Au mieux, je gagne 1300 dollars en quatre-vingt-dix minutes ! C'est ridicule.

– Keith Taft ! Tu m'écoutes ?

– Oui pasteur.

– Ta femme a raison. Il faut cesser. Immédiatement !

– Mais pasteur, j'ai réussi ce que personne n'a jamais réussi avant moi !

– Je sais, tu es génial. Mais tu triches. Où est l'intérêt ?

– Je ne triche pas pasteur, je suis à égalité avec le casino.

– Et alors ?

– Comment et alors ? Je gagne, et lui perd, à coup sûr. Jusqu'à présent, c'était l'inverse.

– Keith Taft, tu n'es pas un génie, tu es un imbécile ! Et un imbécile malhonnête. Mais parlons seulement de l'imbécile qui est en toi. Si tu es à égalité avec le casino, il n'y a plus de jeu ! Alors à quoi sert de jouer ? L'argent ?

– Non, pasteur, ce n'est pas l'argent qui m'attire, c'est la compétition !

– Il n'y a plus de compétition. Tu as prouvé que tu pouvais le faire. Tu es assez fou, et assez intelligent pour cela, mais maintenant stop ! Tu as la preuve, arrête-toi... Regarde comme tu as changé. Tu ne vois plus ta femme et tes enfants. Tu ne viens plus à l'église, tu passes tes week-ends à jouer des doigts de pieds dans les casinos. Où est ta vie Keith ? »

Keith baisse la tête avec humilité. Au fond, il sait bien que le pasteur a raison... Mais que faire de sa trouvaille ?

« Ecoutez, pasteur, je n'ai pas inventé tout ça pour le jeter à la poubelle, il y a des améliorations là-dedans, je sais que j'ai fait progresser les possibilités de l'ordinateur.

– Alors, tu vas t'en servir honnêtement ! Et pour ta punition, je te demande une confession publique !

– Publique ? Comment ? Tous les joueurs vont se précipiter sur mes théories et il y aura encore plus de tricheurs ! Je ne comprends pas.

– Parce que tu as beau être un génie, tu es bête, écoute-moi. Tu vas convoquer tous les journaux, tu vas leur raconter ton histoire, tu vas décortiquer ton invention pour eux... Ainsi, les casinos pourront se méfier des tricheurs de ton espèce! S'il en existe, car je doute qu'un autre que toi arrive à accomplir un pareil exploit! Mais peu importe, tu vas le faire, je veux ta promesse! »

Keith promit, et tint parole.

Il raconta son histoire, à plus de cent journaux qui publièrent les photos de son appareil. Il parut à la télévision, et immédiatement on l'engagea pour améliorer les techniques T.V. et celles du cinéma. Puis toutes les grandes sociétés d'électronique se l'arrachèrent, et actuellement, Keith Taft mène une vie passionnante pour lui. Il poursuit sa carrière d'ingénieur électronicien et ses recherches dans le domaine de la robotique. Il est demandé partout, et il gagne bien mieux qu'en jouant des doigts de pieds dans les casinos. C'est probablement à lui, que nous devons d'avoir dans notre poche un mini-calculateur grand comme une boîte d'allumettes, plat comme une pièce de un franc et capable à lui tout seul de donner l'heure de Moscou à Tamanrasset, de réveiller le matin, et de calculer la T.V.A. en moins de temps qu'il n'en faut pour éternuer. Au rythme où elle augmente, c'est intéressant.

Sur les photos prises au moment de sa confession publique, Keith a des doigts de pieds rigolos, les plus rapides de tout l'Ouest des Etats-Unis, et des lunettes d'intellectuel qui lui font un regard bizarre.

Il aime le jeu, c'est visible. Et son crâne est un ordinateur de génie, c'est visible aussi. Mais c'est un honnête homme avant tout. Même si c'est un homme de génie. Et peu d'hommes de génie sont raisonnables et honnêtes à ce point, car peu d'hommes écoutent encore leur femme et leur pasteur.

Ainsi que leur portefeuille. Car pour être précis jusqu'au bout, il faut savoir que la théorie de Keith (en dehors de son appareil) voulait que le joueur mette sur le tapis une mise optimale. C'est-à-dire quelques milliers de dollars tout de même, pour pouvoir perdre assez longtemps, en attendant que les calculs de probabilité prennent le relais.

Autrement dit, il fallait déjà être riche pour gagner.

Rien n'est parfait.

LA BATELIÈRE DE L'ESCAUT

ANVERS est sombre ce jour-là, il pleut sur la ville, et les rues sont envahies de camions sinistres et bâchés.

Florentine Van Beeck s'arrête au milieu de la chaussée, transie de froid. Elle se souviendra longtemps de ce jour d'octobre 1942. Les Allemands sont partout, piétinant les flaques de leurs lourdes bottes, ils pénètrent dans les maisons, envahissent les couloirs, les caves et les greniers. C'est la curée. Ils embarqueront aujourd'hui des centaines de juifs, parents, enfants, vieillards pêle-mêle.

Florentine a trente-deux ans, elle est belge, mariée à un Belge, elle a deux enfants belges et ne craint rien des envahisseurs. Mais toute cette excitation de chasse à courre la dégoûte. Au fond, elle a bien de la chance de vivre sur le canal, dans sa péniche, là au moins, au fil de l'eau sombre, on voit moins d'horreurs. Elle pense à sa mère, qui lui reprochait cette vie de batelière, il y a encore dix minutes :

« Je ne te vois jamais ! Vous êtes de vrais romanichels ton mari et toi, et ce n'est pas sain pour les enfants, cette vie sur l'eau ! Un jour tes filles tomberont malades... »

« Dieu préserve mes filles, se dit Florentine, mais l'humidité de l'Escaut vaut mieux que ces rafles immondes. »

Il lui faut poursuivre son chemin pourtant, et remonter le flot affolé des étoiles jaunes que l'on bouscule, et que l'on entasse dans les camions, à grands cris hargneux.

Florentine avance lorsqu'un homme se dresse devant elle. Il est vêtu d'un pardessus noir et coiffé d'un melon. D'une main, il pousse un landau où pleure une petite fille, tandis qu'une autre gamine plus âgée s'accroche à lui. La pluie dégouline sur son visage.

L'homme parle bas et vite, comme essoufflé :

« Madame, prenez mes enfants je vous en supplie, sauvez-les... Les Allemands m'attendent, ils ont déjà pris ma femme sûrement. S'il vous plaît, madame, mes enfants... »

Florentine a un regard rapide vers la cohue des camions à deux cents mètres, et sans hésiter prend le landau en main. L'homme pousse vers elle la deuxième petite fille, dont le regard affolé va de son père à cette dame inconnue. Elle comprend mal, elle n'a que sept ans... Elle murmure le nom de son père d'une toute petite voix interrogative :

« Papa ? »

Mais l'homme a déjà reculé, il s'éloigne, et après un dernier regard éperdu il marche vers le piège tendu devant lui. Il n'a même pas demandé son nom à Florentine. Il sait que tout est inutile, qu'il ne reverra pas ses filles. Il a tenté ce qu'il pouvait pour les sauver, au risque de tomber sur une indicatrice. Il va rejoindre sa femme, et l'accompagner vers la mort, alors il ne se retourne pas.

Et la petite fille ne crie pas, n'appelle pas. Sa

main serrée dans celle de la dame inconnue, elle répète seulement à voix basse, figée sous la pluie : « Papa ? »

Florentine reste un moment immobile elle aussi, puis se penche sur le bébé et le berce un peu, pour donner le change et interroge la plus grande :

« Quel âge a ta petite sœur ?

– Trois ans, madame...

– Comment s'appelle-t-elle ?

– Mathilde...

– Et toi ?

– J'ai sept ans et je m'appelle Joséphine...

– Ecoute-moi bien Joséphine, nous allons marcher dans cette rue, et passer devant les soldats allemands, là où il y a les camions, tu vois ?

– Oui, madame, c'est là qu'on habite.

– Tu ne regarderas personne, tu feras semblant de jouer avec ta sœur, en te penchant sur elle. Il ne faut pas qu'on voit ta figure. Tu as compris ? C'est ton père qui le veut !

– Oui, madame.

– Si on te parle, tu m'appelleras maman, si tu vois ton père ou ta mère, ou quelqu'un que tu connais, ne dis rien, parle-moi et regarde-moi tout le temps, tu as compris ?

– Oui, madame...

– Alors, allons-y, nous rentrons chez nous, nous habitons sur une péniche, un bateau qui va sur l'eau, et ton papa est batelier. Tu verras c'est très amusant une maison sur l'eau. »

Florentine Van Beeck, parle, parle, sourit, et marche vite en poussant le landau.

Elle se souviendra de ce jour d'octobre 1942, longtemps, elle n'oubliera jamais le regard suppliant de cet homme en pardessus noir et la seconde où il lui a jeté ses enfants dans les bras, en ces temps de fracas, où l'Europe courbait le dos, et baissait la tête sous les hurlements d'un fou.

Florentine a franchi le piège des camions allemands. Comme d'autres passants, spectateurs impuissants, elle a effleuré les visages terrorisés de ces gens que l'on traîne hors de leur maison, de leur vie, de leurs droits, comme s'ils n'étaient que des rats nuisibles qu'il faut exterminer. A présent, elle court presque le long du canal Albert, pour rejoindre la péniche. De loin, son mari l'aperçoit et crie :

« Qu'est-ce que tu fais ? D'où est-ce que tu viens comme ça ? »

Elle ne lui laisse pas le temps de demander encore qui sont ces enfants inconnus qu'elle ramène au pas de course. Les autres bateliers pourraient entendre, et elle fait signe à son mari de se taire. Puis arrivée le long de la péniche elle lui tend le bébé, fait monter la petite fille, hisse le landau, tout en marmonnant :

« Tais-toi, emmène-les dans la cale, les Allemands voulaient les prendre, je te raconterai plus tard, fais vite. »

A l'intérieur de la péniche, François écoute maintenant sa femme attentivement. Lorsqu'elle a fini son histoire, il remarque :

« Ce pauvre type t'a fait confiance, mais c'est une charge terrible pour nous, il va falloir les nourrir, et les cacher en permanence. Trop de gens savent que nous n'avons que deux filles.

– Je sais, François, mais cet homme a eu de la chance sans le savoir, car nous, nous pouvons les cacher facilement, bien mieux que si nous habitions à terre. Le chemin est long de Anvers à

Liège, et les berges solitaires. Les enfants pourront vivre un peu au-dehors, entre chaque écluse, il suffira d'être prudents. Pour le reste, c'est facile, ces deux gosses ont le même âge que les nôtres, à peu de chose près. Elles partageront les vêtements et on fera attention à la nourriture. Nous avons quatre filles maintenant, François ! Et elles seront quatre sœurs, c'est tout ! Pour notre Lucienne pas de problème, elle n'a que trois ans, l'âge de l'autre, elle ne se rend pas compte. Ce qu'il faut, c'est expliquer à Jacqueline. Elle a huit ans, elle est en âge de comprendre. Je vais lui parler. En attendant si tu es prêt, il vaudrait mieux s'en aller, on ne sait jamais. »

Tandis que la péniche largue ses amarres, emportant son chargement de métaux, et deux petites passagères en plus, Florentine se rend dans la cabine où l'aînée de ses filles, une pâle petite enfant blonde, épluche laborieusement quelques légumes.

« Jacqueline, tu sais ce que c'est que d'être juif ?

– Non, maman, pas très bien.

– Alors, je vais t'expliquer. Tu te souviens de ce que t'a dit le docteur ? Il t'a dit que tu avais une maladie qui s'appelle la tuberculose. Il t'a dit aussi que tu guérirais, mais qu'il fallait de la patience, et que tu ne joues pas trop avec les autres enfants.

– Oui, maman, je sais.

– Eh bien, je connais deux petites filles qui sont malades, mais d'une autre maladie. En ce moment tu vois, être juif, c'est comme si on était malade. Et pour guérir c'est long, il faut de la patience et ne pas jouer avec les autres petites filles non plus. Il faut se cacher, et que personne ne sache où on est, tu comprends ?

– Qui est-ce qui est juif maman ? Les deux petites filles que tu connais ?

– Oui. Alors je les ai amenées chez nous, elles vont se cacher dans la cale, on leur fera des lits pour dormir, et elles ne sortiront que s'il n'y a personne d'autre que nous. Il faut que tu ne le dises à personne, sinon ce serait très grave, et elles mourraient au lieu de guérir, tu comprends ?

– Oui, maman.

– Tu ne diras rien ? A personne ? Jamais ?

– Je te le promets maman, est-ce que je pourrai jouer avec elles quand même ?

– Bien sûr, de temps en temps, pourquoi ?

– Est-ce qu'elles deviendront malades comme moi, et moi comme elles ? Est-ce que j'en mourrais si j'étais juive ? »

Décidément, Florentine Van Beeck se souviendra longtemps de ce jour d'octobre 1942. Il faisait froid et humide sur le canal Albert, et la vie était cruellement stupide et difficile à expliquer à une enfant de huit ans.

A cette époque, en 1942, Florentine Van Beeck était une jeune femme solide, blonde aux yeux bleus et à la stature de flamande. Quinze ans plus tard, en 1958, elle a quarante-sept ans, elle a grossi, son visage aux traits énergiques s'est empâté, elle est veuve depuis trois mois. Veuve, pauvre, et désorientée de ne plus vivre sur l'eau, de ne plus arpenter le pont étroit de sa péniche.

La convocation qu'elle a reçue du tribunal est arrivée dans un petit logement où elle vit avec la cadette de ses filles. L'aînée est mariée, la cadette est fiancée, bientôt Florentine Van Beeck connaîtra la grande solitude, bientôt elle n'aura plus d'enfants, à moins de se battre. Et c'est ce qu'elle va faire en se rendant chez le juge d'instruction ce jour-là.

Jamais Florentine n'a eu affaire à la justice des hommes. Toute sa vie, elle n'a compté que sur elle-même, décidé, tranché, agi sans se préoccuper de savoir si elle enfreignait des règles ou des lois. Et c'est cela qu'on lui reproche aujourd'hui. Mais de cela, Florentine se moque, la bataille qu'elle doit livrer est bien plus importante.

Le juge est un petit homme sévère, au nez chaussé de lunettes énormes, et à la voix sèche :

« Vous vous appelez bien Van Beeck, Florentine, veuve de François Van Beeck, batelier, décédé le 3 juin 1958 ? Vous vous êtes mariés en 1933 à Liège, et vous avez eu deux enfants. Une fille Jacqueline née en 1934, et une autre Lucienne, née en 1939... »

Florentine regarde le petit juge en face, son visage est tendu, elle a beaucoup pleuré c'est visible. Elle acquiesce en silence.

« Madame Van Beeck, que sont devenues vos filles ?

– Lesquelles ?

– Ne jouez pas sur les mots, madame, l'affaire est importante, je vous demande ce que sont devenues vos filles Jacqueline et Lucienne, vos filles légitimes !

– Mortes, toutes les deux, je l'ai déjà dit à la police.

– Dites-moi, dans quelles circonstances, madame Van Beeck...

– Jacqueline est morte en 1943, à la fin de l'hiver, elle était tuberculeuse, et ma petite Lucienne l'a suivie, quatre mois plus tard. Elle était fragile, elle aussi, c'est une pneumonie qui l'a emportée...

– Pourquoi n'avez-vous pas signalé leurs décès, madame Van Beeck ?

– Vous le savez bien ! Je l'ai dit à la police ! Vous n'allez pas me torturer avec cette histoire ! Je ne les ai pas tuées, vous savez !

– Vous êtes ici devant un juge d'instruction, madame Van Beeck, je suis chargé par le ministère public qui a porté plainte contre vous, d'éclaircir toute cette affaire. Je vous prie de répondre aux questions avec précision.

– Vous me faites penser aux Allemands ! Ça vous est égal que j'aie de la peine ? Ça vous est égal qu'on cherche à m'enlever mes filles ?

– Ceci est un autre problème, madame Van Beeck, et ne soyez pas injurieuse, je n'ai pas l'intention de vous faire du tort, mais je dois savoir. Pourquoi n'avez-vous pas signalé le décès de vos enfants ?

– J'avais recueilli deux petites filles juives, ce sont mes filles maintenant. A l'époque, elles avaient le même âge que les miennes, alors quand Jacqueline est morte, ce soir-là, on a réfléchi avec mon mari, et on s'est dit puisque le malheur nous frappe, il faut que cela serve à quelque chose. Nous avons enterré la petite, le long de la berge, nous sommes restés là toute une nuit, à prier, et j'ai dit à mon mari, il faut sortir Joséphine de la cale, à partir de maintenant, on l'appellera Jacqueline, elle aura des papiers, une identité, elle sera notre vraie fille, devant tout le monde. C'est ce qu'on avait décidé mon mari et moi, et c'est ce qu'on a fait. Je ne savais pas que quelques mois plus tard, nous serions obligés de faire la même chose quand ma petite Lucienne s'est éteinte. J'ai dit à mon mari : « Tu vois, le bon Dieu voulait « peut-être ça, il voulait peut-être que nos enfants « meurent, pour que les deux autres puissent

« vivre en prenant leur place. » Alors, nous avons fait comme pour l'autre, on a enterré la petite Lucienne sur la berge, et Mathilde est devenue Lucienne. C'était la guerre, monsieur, les gens mouraient partout, à quoi ça pouvait bien servir que je fasse des papiers, et qu'on mette leur nom sur une tombe ? A rien. J'aimais mes filles, monsieur, et j'ai aimé les deux autres autant qu'elles, peut-être plus, deux fois plus même. La grande a oublié petit à petit, elle n'avait pas compris pourquoi on la cachait dans la cale, elle avait même oublié son père et sa mère, elle ne savait même plus qu'elle était juive...

« A la fin de la guerre, elle s'appelait Jacqueline Van Beeck, et sa sœur Lucienne Van Beeck, elles étaient nos filles, elles ne savaient rien d'autre. Quand l'aînée me posait des questions, sur de vagues souvenirs qu'elle avait, je lui racontais que je l'avais mise en pension chez des amis pendant un moment, ça ne l'a jamais tracassée vraiment, tout s'estompait dans sa tête, elle confondait son vrai père avec son mari. Quant à sa sœur, elle était bien petite, c'était encore plus simple. Elles ont été heureuses toutes les deux, elles ont échappé au massacre, je les ai tirées des griffes des Allemands ! Voilà pourquoi je n'ai pas signalé le décès de mes enfants ! C'est un crime peut-être ? »

Le petit juge a bien du mal à endiguer le flot des paroles qui l'assaille, car Florentine est lancée :

« Vous savez, ce n'était pas facile, ce n'était pas simple, nous n'avions pas de médicaments, pas grand-chose à manger, je suis mère, la mort de mes enfants m'a rendue malade, mais je tenais bon, je voulais que ces deux-là vivent au moins ! Qu'elles vivent pour quatre, vous comprenez ? En

1945, quand les V2 nous ont bombardés, Lucienne, la petite dernière, avait la diphtérie. Je l'ai soignée toute seule, je lui arrachais les peaux de la gorge avec mes doigts, je lui soufflais de l'air dans les poumons, je me suis battue pendant trois jours et quatre nuits, pour qu'elle vive, ma petite juive, ma fille, pour que son bonhomme de père qui me l'avait jetée dans les bras, ait eu raison de le faire, vous comprenez ça ? »

Florentine éclate en sanglots, et le petit juge laisse un peu tomber son masque de magistrat. La sincérité de cette femme est évidente.

« Je sais, madame Van Beeck, je sais tout cela. Seulement la loi, c'est la loi. Ces enfants vivent sous une fausse identité, et il fallait éclaircir les circonstances qui ont précédé ce changement d'identité. Pourquoi ne leur avez-vous jamais rien dit ? Vous auriez pu régulariser les choses à la fin de la guerre !

– A quoi bon ! Leurs parents étaient morts, je le savais.

– Ils auraient pu avoir la chance de survivre ! En ce cas, vous n'aviez pas le droit...

– Le droit, le droit... vous ne connaissez que ça ! J'ai fait mon enquête ! Je connaissais le nom du père : le soir où j'ai ramené les enfants, j'ai trouvé un papier cousu dans l'ourlet de la robe de l'aînée, avec quelques bijoux en or. Je l'ai toujours ce papier, tenez, vous pouvez lire ! »

Et le juge lit sur un morceau de papier jauni et plié tant de fois :

« Si vous trouvez mes enfants, soyez bons pour eux, je vous supplie de ne pas les remettre aux autorités allemandes. Les enfants ont de la famille en Amérique. Merci. »

Florentine reprend son précieux papier, et continue :

« Vous voyez, il avait prévu de les abandonner et c'est un miracle qu'il m'ait rencontrée. Après la guerre, j'ai fait des recherches par la Croix-Rouge. J'avais le nom de famille, la petite me l'avait dit au début. Ils ont disparu, tous les deux, le père et la mère. Ils s'appelaient Atlasberg...

– Et cette famille en Amérique ?

– Je n'ai pas cherché à savoir, je ne voulais pas, ce sont mes filles maintenant, et on ne me les enlèvera pas ! »

Le juge fouille dans son dossier et en extirpe une feuille de papier dactylographiée :

« Voici :

« – Lorsque mon père (elle parle de votre « mari), lorsque mon père est mort, il m'a fait « appeler à son chevet, pour me révéler le secret « de ma naissance. Il m'a fait promettre de ne « rien dire à ma sœur, qui est plus jeune de peur « de la bouleverser.

« Question : Pourquoi avez-vous rompu cette « promesse ? »

« Réponse : Un jour, quelque temps après la « mort de mon père, ma sœur est venue me trou- « ver, elle était bouleversée. Ma mère lui avait « fait cadeau d'une paire de boucles d'oreilles en « or, pour ses dix-huit ans, et son fiancé lui avait « fait remarquer que les bijoux portaient l'étoile « de David. Il lui a demandé si elle était juive, et « elle s'est fâchée. Les bijoux la tracassaient, je le « voyais bien, elle voulait en connaître l'origine, « et avait peur d'en parler à ma mère. Alors j'ai « préféré tout lui raconter. Cette révélation lui a « fait un choc. »

Florentine Van Beeck a écouté en silence, mais elle réagit à présent :

« C'est ma faute, ces bijoux me brûlaient les doigts, ils étaient à elles. C'était au moment où j'ai quitté la péniche, pour aller vivre en ville, je déménageais toutes les affaires. J'aurais mieux fait de les flanquer dans l'Escaut !

– Saviez-vous que votre mari avait parlé à l'aînée ?

– Non, mais je m'en suis doutée, elle avait changé.

– Madame Van Beeck, le problème se pose maintenant, non pas pour l'aînée de vos filles adoptives, qui est majeure, mariée et libre de son choix, mais pour la cadette, qui est mineure. Vous savez qu'elles ont retrouvé un parent en Amérique, vous savez que ce dernier les réclame et que sa demande officielle nous est parvenue, puisque c'est la raison même de cette instruction...

– Je sais tout ça ! Lucienne a cru bien faire, je ne lui en veux pas d'avoir eu envie de connaître quelqu'un de sa vraie famille, mais je ne veux pas qu'il les attire chez lui, au bout du monde. Je veux garder mes filles !

– Madame Van Beeck, la situation n'est pas aussi simple. Je parlais tout à l'heure de vos filles adoptives, mais légalement c'est inexact... Vous avez vécu toutes ces années dans l'illégalité totale, et si la famille de ces jeunes filles les réclame, je suis obligée d'accéder à la demande, notamment pour la cadette...

– Elles ne partiront pas en Amérique ! Je les ai cachées dans le noir pendant deux ans et la Gestapo ne les a pas trouvées, j'ai volé du charbon la nuit pour le vendre et leur donner à manger, et cet Américain voudrait les prendre ?

– Cet Américain est leur oncle, madame Van Beeck, il est assez riche, il dirige une chaîne de supermarchés à Los Angeles, et il est prêt à leur trouver du travail, à les aider, à leur rendre une partie de ce qu'elles ont perdu jadis.

– Je sais ! Oh ! je sais ! Il m'a écrit ! Vous voulez voir sa lettre ? Tenez : il propose de me dédommager pour que je les laisse partir ! Et vous savez combien ? Sept cents francs par mois, tant que je vivrai ! Il l'a écrit là : « Pour vous rembourser et « vous remercier de ce que vous avez fait pour « mes nièces. » Ses nièces ! Son fric ! Je n'en veux pas moi, de son fric, et ce sont mes filles, pas ses nièces !

– Madame Van Beeck, vous n'avez aucun moyen légal d'empêcher ces jeunes filles de partir. Je le regrette, mais je dois vous le redire. Il y aura un procès, c'est inévitable !

– Elles ne partiront pas, je le sais, je suis leur mère ! Ça vaut bien l'Amérique, non ? »

Florentine Van Beeck se souviendra longtemps de ce jour d'octobre 1942, il pleuvait quand un homme vêtu de noir lui a jeté ses enfants dans les bras, il suppliait.

Elle se souviendra aussi de ce jour de décembre 1958, quand l'avion de la *Panamerican* a décollé devant elle. Il faisait soleil et elle avait froid.

« On reviendra te voir souvent, maman, ne pleure pas. Et on t'enverra l'argent pour le procès. »

Florentine Van Beeck, la batelière de l'Escaut, valait-elle l'Amérique ? Provisoirement, la réponse était non.

TABLE

« Composition réalisée en ordinateur par IOTA »

IMPRIMÉ EN FRANCE PAR BRODARD ET TAUPIN
7, bd Romain-Rolland - Montrouge - Usine de La Flèche.
LIBRAIRIE GÉNÉRALE FRANÇAISE - 14, rue de l'Ancienne-Comédie - Paris.
ISBN : 2 - 253 - 03396 - 0

30/5899/7